N
Süder Hof

Dieses Buch gehört

DAS PFERDERENNEN

BAND 4 DER MÄDCHENSERIE

NEUES VOM SÜDERHOF

BRIGITTE BLOBEL

Pelikan

ISBN 3-8144-2104-3

Gesamtleitung und Textredaktion:
AVA GmbH
Umschlaggestaltung: Wilkens Ayer, Hamburg
Außen-Illustrationen: Helga Schröter-Nandorf
Innen-Illustrationen: Brigitte Pönnighaus
Gesamtherstellung: Mohndruck, Gütersloh
Printed in W.-Germany
Auflage 15 14 13 12 11 10 9 8 7 6 5 4 3 2 1

NEUES VOM SÜDERHOF

BRIGITTE BLOBEL

Das Versteck hinterm Deich

Gefährliche Jagd

Wo ist Ben

Das Pferderennen

Sturmflut

MANUELA BRENDEL,
GENANNT MOLLE,
12 Jahre.
Molle ist in allem das Gegenteil ihrer Schwester Bimbo. Sie ist kleiner und ein bißchen pummelig (daher der Spitzname „Molle“). Ihren Babyspeck kriegt sie einfach nicht weg. Molle mag aber auch eben rasend gerne Süßigkeiten, Schokolade und Kuchen, außerdem liebt sie es, in ihrer Bude zu faulenzen, auf dem Bett zu liegen, lesen und Musik hören.
Molle hat streichholzlange schwarze Haare. Sie ist besonders tierlieb, das hat sie vielleicht von ihrem Vater geerbt. Am liebsten würde sie aus ihrem Zimmer einen Zoo machen. Aber da hat sie bei ihrer Mutter keine Chance. Denn Mama findet, daß es schon genug Tiere auf dem Süderhof gibt, und sobald Molle mit einem neuen Tier auftaucht, gibt es einen Riesenspektakel.

BEATRICE BRENDEL, GENANNT BIMBO,
13 Jahre.

Bimbo sieht mit ihren blonden langen Locken ein bißchen aus wie ein Rauschgoldengel (findet jedenfalls ihre Mutter). Dabei ist Bimbo alles andere als ein Engel: Sie kann reiten wie der Teufel (ihr Pony ist mit ihr schon „durch dick und dünn" gegangen).

Bimbo kann nichts erschrekken. Sie hat ihrem Vater, dem Tierarzt Dr. Günter Brendel, schon bei den schlimmsten Operationen zugesehen, und wenn Blut fließt, wird sie bestimmt nicht ohnmächtig.

Bimbo ist überhaupt sportlich, ein Mädchen, das am liebsten immerzu draußen ist und das es für eine persönliche Beleidigung hält, wenn sie im Haushalt helfen muß. Da ihre Mutter aber ebenfalls nicht viel Spaß an der Hausarbeit hat, bleibt Bimbo oft gar nichts anderes übrig, als mit aufzuräumen. Frau Brendel ist Schriftstellerin, ihre Spezialität sind Bücher über Kindererziehung, obwohl sich alle Kinder auf dem Süderhof einig sind: Von Kindererziehung versteht Mama gar nichts ...

DANIEL BRENDEL, genannt Dany, 13 Jahre.
Dany, ein Vetter von Bimbo und Molle, hat mit seinen Geschwistern Peggy und Ben in der Großstadt München gelebt, ehe er auf den Süderhof kam. Er versteht von Autos, Computerspielen und Kino mehr als von Tieren. Das Leben auf dem Lande ist fremd für ihn, aber er findet es toll. Schon früher haben er und seine Geschwister oft die Ferien auf dem Süderhof verbracht.
Seine bei einem Flugzeugabsturz in Afrika tödlich verunglückten Eltern waren Biologen. Sein Vater hatte ihm beigebracht, Tierstimmen täuschend echt zu imitieren.
Er ist vor allen Dingen ein guter Kumpel, egal, was alles so passiert.
Er hat kurze braune Locken und Sommersprossen auf der Nase.

PEGGY BRENDEL, 12 Jahre.
Peggy ist Danys Schwester. Sie hat es schwer, sich nach dem Tod ihrer Eltern in einer neuen Familie zurechtzufinden.
Sie ist besonders sensibel, und man kann sie leicht zum Weinen bringen. Dabei möchte Peggy nichts lieber, als fröhlich und vergnügt sein.
Es sieht so aus, als wenn sie das auf dem Süderhof lernen könnte ...

BENJAMIN, genannt Ben,
das Nesthäkchen der Familie, 4 Jahre.
Ben ist einfach nur ein kleiner Junge, der die großen Kinder mit seinen bohrenden Fragen und seinen vielfachen Wünschen immerzu nervt.
Am liebsten wäre es ihm, wenn sich den ganzen lieben langen Tag alles und alle um ihn drehen würden. Aber das funktioniert einfach nicht, weil auf dem Süderhof ständig so viele aufregende Dinge passieren.

. . . und dann sind da noch:

Ein Pony namens KLÄRCHEN.

JAMES BOND,
ein Papagei,
der Sachen sagt,
die wir hier vorne
unmöglich
wiedergeben können.

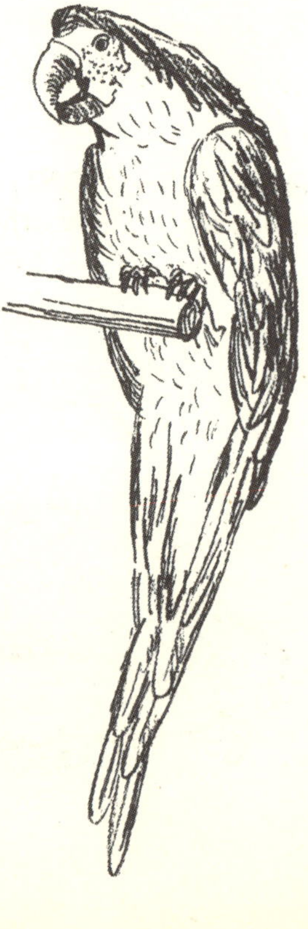

Eine Schildkröte mit Namen SIBYLLE,
weil sie so geheimnisvoll aussieht.

Der Kater „SAMSON“,
der sich für den heimlichen König vom Süderhof hält.

1. Kapitel

„He! Bimbo!“

Bimbo döste. Es war die sechste Schulstunde, und im Klassenzimmer war die Luft schwül und drückend. Bimbo hatte die Sandalen ausgezogen und ihre nackten Füße unter dem Stuhl des Vordermannes versteckt. Sie saß, die Arme über dem Bauch verschränkt, in jener besonderen Schräglage auf dem Klappstuhl, die sie im Laufe ihres Schülerdaseins als die bequemste Haltung herausgefunden hatte: man saß noch, aber hatte beinahe schon das Gefühl, zu liegen. Es war dann ganz einfach, in einen Halbschlaf zu verfallen, der einem die Geschehnisse im Klassenzimmer angenehm weit weg rückte.

Es war Deutschstunde. Tina las ihren Hausaufsatz vor. Thema: „Was ich für den Umweltschutz tue.“ Viel war ihr dazu nicht eingefallen, schien Bimbo. Manchmal, wenn sie hochschreckte und sich umschaute, stellte sie fest, daß auch die anderen Schüler Tinas Aufsatz langweilig fanden.

Niemand schien wirklich zuzuhören. Bimbo fiel wieder in ihren Dämmerschlaf zurück.

„Bimbo! Mann! Dreh dich doch endlich mal um!“

Bimbo richtete sich auf. Sie öffnete die Augen und blinzelte zu Frau Mewes, der Lehrerin, hinüber, die an einem der geschlossenen Fenster lehnte und als einzige den Vortrag von Tina aufmerksam verfolgte.

Dany, der hinter ihr saß, verdrehte vor Anstrengung fast die Augen. Er ließ eine kleine, weiße Papierkugel zwischen den Fingern aufblitzen. „Für dich“, wisperte er.

Bimbo nickte. Sie schaute wieder zur Lehrerin hinüber. Aber die war abgelenkt. Eine dicke Hummel, die sich ins Klassenzimmer verirrt hatte, suchte einen Weg ins Freie und brummte immer wieder gegen die Fensterscheibe.

Die Lehrerin öffnete das Fenster und fuchtelte mit den Armen, um die Hummel hinauszuscheuchen.

„Jetzt!“ zischte Bimbo.

Dany warf ihr die Papierkugel zu. Bimbo fing sie geschickt mit der linken Hand auf und drehte sich genau in dem Augenblick wieder um, als die Lehrerin das Fenster schloß. Argwöhnisch warf sie einen Blick in die Klasse, aber alle schauten unschuldig in die Gegend. Und Tina war inzwischen fast am Schluß ihres Hausaufsatzes angelangt.

Bimbo glättete das zerknüllte Papier auf den nackten Knien. Sie trug an diesem Tag Jeans, die sie über den Knien abgeschnitten hatte. „Jeans-Bermudas“ nannte sie den neuen Stil.

„Weißt du schon das Neueste?“ hatte Dany auf den Zettel geschrieben. „In Braderup soll im September ein Pferderennen stattfinden. Am Strand. Zweitausend Meter Distanz. Ob Klärchen das schaffen kann?“

Bimbo lächelte, während sie las. Ob Klärchen das schaffen kann! Das wußte sie besser. Sie kannte ihr Pony schließlich seit ihrem neunten Lebensjahr, und sie wußte genau, daß Klärchen zur Zeit in Topform war. Schnell wie der Wind und zäh wie eine Bergziege.

Bimbo riß eine Seite aus ihrem Ringbuch und schrieb: „Natürlich schafft sie das. Aber woher weißt du das mit dem Rennen. Mir hat keiner was davon erzählt!“

Sie knüllte den Zettel zu einer Kugel zusammen und ließ ihn über den Boden rollen. „Aufpassen!“ zischte sie.

Dany hatte verstanden. Er stellte seinen Fuß auf die Papierkugel und wartete einen günstigen Augenblick ab, um sie aufzuheben. Seine Antwort kam wenig später auf dem gleichen Weg zu Bimbo zurück.

„Das ist eine Veranstaltung der Kurverwaltung. Zur 500-Jahr-Feier von Braderup. Soll eine Sensation werden. Ich weiß nur nicht, ob auch Ponys mitmachen dürfen.“

Stirnrunzelnd las Bimbo die Nachricht. Denkbar war es schon, daß an dem Pferderennen keine Ponys teilnehmen durften. Der Bürgermeister von Braderup war bekannt dafür, daß er Pferderennen liebte. Es ging das Gerücht um, daß er manchmal sonntags nach Hamburg zum Pferderennen fuhr und da sein ganzes Geld verwettete.

Aber ob er auch ein Pony zulassen würde?

Bimbo riß eine neue Seite aus ihrem Ringbuch. Sie schrieb: „Wenn der Feddersen mich nicht mitmachen läßt, dann mache ich den kalt. Darauf kannst du dich verlassen."

Sie knüllte den Zettel zusammen und bückte sich, um ihn wieder nach hinten zu schießen. In diesem Augenblick wurde ihr Arm von einer energischen Hand festgehalten.

„Laß mal sehen", sagte Frau Mewes streng.

Bimbo wurde feuerrot. Sie erschrak immer furchtbar, wenn sie bei irgend etwas erwischt wurde.

„Haben Sie mich erschreckt", stammelte sie.

„Ja?" fragte Frau Mewes mit einem spöttischen Lächeln. „Das tut mir leid. Was steht denn auf dem Zettel?"

„Ach", antwortete Bimbo abwehrend, „nichts Besonderes."

„Das hätte mich auch erstaunt." Die Lehrerin ließ Bimbos Arm los. Das Mädchen richtete sich erleichtert auf.

„Ich warte." Frau Mewes stand noch immer neben ihr.

„Was?" Bimbo tat ganz überrascht. „Was meinen Sie?"

Die Lehrerin deutete auf den Zettel. „Ich möchte ihn haben. Hast du gedacht, ich bücke mich für dich?"

Bimbo schüttelte verlegen den Kopf. „Hab ich nicht gedacht." Sie nahm rasch den Zettel vom Boden auf und legte ihn Frau Mewes in die ausgestreckte Hand.

Mit spitzen Fingern faltete die Lehrerin den Zettel auseinander. Laut las sie den Text vor:

„Wenn der Feddersen mich nicht mitmachen läßt, mach ich ihn kalt. Darauf kannst du dich verlassen."

Die Lehrerin sah Bimbo an. „Hast du das geschrieben?"

Bimbo nickte.

„Und an wen sollte dieser denkwürdige Brief gehen?"

In der hintersten Reihe erhob sich Dany. „An mich!"

„Ach." Die Lehrerin machte ein erstauntes Gesicht. „Daniel Brendel! Ich wundere mich. Ich wundere mich wirklich. Habt ihr außerhalb der Schulstunden nicht genug Zeit, miteinander zu reden? Ihr lebt doch wie Geschwister. Ihr kommt morgens zusammen zur Schule und geht mittags zusammen wieder heim. Man sollte doch denken, daß da genug Zeit bleibt, um Nachrichten auszutauschen."

Dany räusperte sich. „Manchmal fällt einem aber gerade zwischendurch etwas Wichtiges ein", sagte er.

„Ach! Etwas Wichtiges." Die Lehrerin wedelte mit dem Zettel in der Luft. „Das ist wohl wichtiger als ein Aufsatz über den Umweltschutz, wie?"

Die Freundlichkeit in ihrer Stimme war vollkommen verschwunden. Sie schaute Dany zornig an. „Ich frage mich, wie es heutzutage ein wichtigeres Thema als den Umweltschutz geben kann."

Dany holte tief Luft. „Ich hab ja zugehört", verteidigte er sich.

„Zugehört? Dann bist du ja ein biologisches Wunder. Wenn du gleichzeitig einem Aufsatz lauschen und mit deiner Cousine eine Korrespondenz führen kannst. Ich denke, ich werde dir als kleine Extraarbeit einen Hausaufsatz aufgeben. Das Thema werden wir nach der Stunde besprechen."

Dany erwiderte nichts.

„Hast du mich verstanden?" fragte die Lehrerin scharf.

Dany zuckte zusammen. Eifrig nickte er. „Ich habe verstanden."

„Gut. Und nun zu dir, Bimbo."

Bimbo warf trotzig den Kopf zurück. Ihre blonden Haarlocken wirbelten dabei durcheinander. „Ja?" Sie blitzte die Lehrerin an. Inzwischen hatte sie ihren ersten Schrecken überwunden.

„Ich möchte, daß du mir den Inhalt dieses sogenannten Briefes erklärst", fuhr die Lehrerin mit eisiger Stimme fort. „Was soll das heißen, du machst Herrn Feddersen kalt?"

Bimbo zeigte keine Verlegenheit. „Das ist nur so eine Redewendung“, antwortete sie. „Natürlich will ich ihn nicht wirklich kaltmachen.“

„Nein? Wirklich nicht?“ fragte die Lehrerin spöttisch. „Was denn?“

Jetzt wedelte sie mit dem Brief direkt vor Bimbos Gesicht. Das machte Bimbo nur noch wütender. Immer, wenn sie sich ertappt und im Unrecht fühlte, wurde sie wütend.

„Geben Sie das her!“ rief sie. „Das ist Verletzung des Briefgeheimnisses!“ Sie versuchte nach dem Brief zu greifen. Aber die Lehrerin hielt ihn fest. Bimbo erwischte ihn und zog, und plötzlich hatte sie eine Hälfte in der Hand.

Die Lehrerin war ganz atemlos vor Empörung. „Das ist unerhört!“ rief sie. „Das werde ich dem Direktor melden! Das ist offenbarer Widerstand! Du hast das Beweismaterial zerrissen!“

Sie eilte erregt nach vorn und öffnete das Klassenbuch. „Ich werde dich eintragen wegen ungebührlichen Verhaltens. Dich und deinen Cousin Daniel auch. Beide. Ihr werdet beide nachher zum Direktor gehen. Ich lasse mir keine Frechheiten mehr gefallen, habt ihr gehört?“

Sie war so wütend, daß ihr Federhalter über das Papier kratzte, während sie schrieb. Man konnte es bis in die letzte Reihe hören. Die Klasse war mucksmäuschenstill. Plötzlich döste niemand mehr, alle schauten voller Spannung auf die Szene. Endlich war wieder was los.

Nur Tina stand immer noch da und hielt hilflos ihren Aufsatz in der Hand.

„Soll ich weiterlesen?“ flüsterte sie.

Aber das Mädchen neben ihr gab ihr ein Zeichen, und schüchtern setzte Tina sich hin.

„So. Damit ein für allemal klar ist, daß ich schlechtes Benehmen in dieser Klasse nicht dulde. Das wird in dein Zeugnis kommen, Bimbo. Das und einiges andere auch!“

Die Lehrerin schraubte den Füllhalter wieder zu. „Nach der Stunde erwarte ich euch beide hier an meinem Platz. Dann gehen wir zusammen zum Direktor.“

Bimbo nickte ergeben. Es hatte keinen Zweck, sich zu verteidigen. Das machte Frau Mewes nur noch wütender.

„Ich hätte es wissen müssen," dachte Bimbo. Ich hätte sofort ganz lieb um Entschuldigung bitten sollen, dann wäre vielleicht gar nichts passiert. Aber ich kann nun mal nicht so brav sein, wie die Lehrer es gerne hätten.

Ich kann es nicht, verdammt noch mal.

Direktor Mommsen hatte sein Büro im ersten Stock, gleich rechts neben der Haupttreppe. Wie zwei begossene Pudel tappten Bimbo und Dany hinter Frau Mewes her, die ihnen mit hocherhobenem Kopf und immer noch flammend vor Empörung voraneilte.

Die Schüler, denen sie auf ihrem Weg begegneten, warfen Bimbo und Dany einen mitfühlende Blicke zu. Wer so hinter einer Lehrerin herschlich, hatte gerade einen Rüffel bekommen.

„Dany!" Plötzlich war Peggy aus einer Gruppe von Schülerinnen aufgetaucht. Sie zog Dany am Ärmel. „Wo gehst du hin?"

„Laß mich." Dany schüttelte seine Schwester ab. „Ich habe keine Zeit."

„Wieso? Was heißt das? Wieso hast du keine Zeit?" rief Peggy. „Es ist doch Schulschluß."

Dany deutete auf die Lehrerin. „Dicke Luft!" zischte er.

Und Bimbo fügte hinzu: „Wir müssen zum Direx."

„Was?" Peggy machte kugelrunde Augen. „Was habt ihr denn verbrochen?"

In diesem Augenblick drehte Frau Mewes sich um. Einen Augenblick waren Dany und Bimbo durch die anderen Schüler verdeckt.

„Daniel! Beatrice!" rief die Lehrerin aufgebracht.

„O Gott!" Bimbo zog Dany hinter sich her. „Komm bloß mit." Keuchend blieben sie vor der Lehrerin stehen.

„Ich dachte schon, ihr hättet euch einfach aus dem Staub gemacht", rief Frau Mewes entrüstet.

Dany lächelte schwach. „Das würden wir doch niemals wagen, Frau Mewes!“

Bimbo fügte kleinlaut hinzu: „Und es hätte ja auch keinen Zweck. Es würde ja alles nur noch schlimmer machen.“

Frau Mewes holte tief Luft. Sie wußte nicht, ob die Reue, die aus den Worten der Kinder sprach, echt war.

„Geht vor mir her“, befahl sie. „Damit ich euch im Auge behalte.“

Bimbo konnte sich ein Feixen nicht verkneifen. Irgendwie, fand sie, war das alles wie in den alten Filmen über die Schule, wo die Lehrer sich wie böse Drachen benahmen. Dabei wußte sie genau, daß Frau Mewes eigentlich eine ganz freundliche Frau war.

Und vor allen Dingen war sie tierlieb: Sie hatte einen Cockerspaniel, goldbraun, mit seidigem, lockigem Fell, der auf den Namen „Whisky“ hörte. Dieser Hund durfte in ihrem Bett schlafen (Bimbo hatte das von ihrem Vater, dem Tierarzt Dr. Brendel, erfahren, der schon oft Hausbesuche bei Frau Mewes gemacht hatte). „Whisky“ bekam jeden Sonntag frisches Tatar und ein rohes Ei, damit sein Fell glänzend blieb. Für ihren Hund kaufte Frau Mewes Gummitierchen und quietschende Bällchen, Knochen und bunte Halsbänder, und wenn sie verreiste, saß „Whisky“ neben ihr auf dem Beifahrersitz und machte ein Gesicht, als gehöre ihm das Auto.

Als Bimbo das einfiel, hatte sie plötzlich überhaupt keine Angst mehr vor Frau Mewes. Sie drehte sich um und fragte: „Wie geht es *Whisky* eigentlich?“

Frau Mewes Gesicht begann sofort zu strahlen. „Ach, er ist so vergnügt in der letzten Zeit! Sag deinem Vater einen schönen Gruß, ja? Und ich bedanke mich noch einmal ganz herzlich für das Rezept, das er mir geschickt hat. Es hilft ganz wunderbar.“

„Was hatte denn das arme Tier?“ Danys Stimme troff vor Mitleid und Anteilnahme. „War es etwa krank?“

„O ja.“ Frau Mewes seufzte. „Es war etwas mit den Ohren. Immerzu hat er sein armes Köpfchen hin und hergeschleudert, und wenn ich ihm die Locken an seinen Ohren gekämmt habe, hat er vor Schmerzen gejault.“

„Nein, wie schrecklich!“ riefen Bimbo und Dany wie aus einem Munde.

„Ja, nicht wahr? Ganz furchtbar. Der arme Kerl hat mir so leid getan. Ich dachte schon, er muß operiert werden. Aber dein Vater, Beatrice, hat sofort gewußt, woran es liegt. Er hat Ohrentropfen verschrieben, und schon war es gut.“

„Das wird Daddy freuen“, erklärte Bimbo fröhlich.

„Mein Onkel ist ein toller Tierarzt.“ Dany warf Frau Mewes vorsichtig einen Blick von der Seite zu.

„Das stimmt.“ Frau Mewes seufzte tief. „Ich bin so glücklich, daß wir einen guten Tierarzt in der Nähe haben.“

„Ja, ja.“ Dany fuhr sich mit der Hand über seine kurzen, krausen Haare. „Es wäre schlimm, wenn man es sich mit ihm verdirbt. Der arme *Whisky*. Was würden Sie machen, wenn er auf einmal mitten in der Nacht schwerkrank wird... sagen wir mal...“ Dany überlegte fieberhaft. „Sagen wir mal, er verschluckt Ihren Pantoffel...“

„Meinen Pantoffel?“ rief Frau Mewes erschrocken. „*Whisky* spielt doch nicht mit meinen Pantoffeln! Wie unappetitlich!“

„Also gut.“ Dany lenkte sofort ein. „Sagen wir mal, er verschluckt einen Gummiball...“

„O nein, bitte nicht!“ Frau Mewes hielt sich die Ohren zu. „Malt nicht den Teufel an die Wand! Vor so etwas fürchte ich mich schon seit Jahren! Deshalb kaufe ich nur ganz große Bälle. Die roten mit den weißen Punkten.“

„Aber die sind besonders gefährlich!“ rief Bimbo. Ihr ganzes Gesicht drückte Entsetzen aus. „Wenn *Whisky* einmal ein Loch hineingebissen hat, geht die Luft raus, und dann kann er sich an einem Stück von der Gummihülle wirklich ganz leicht verschlucken. Eine Luftröhrenoperation ist unheimlich gefährlich.“

„Schrecklich", flüsterte Frau Mewes.

Sie waren jetzt vor dem Direktorzimmer angekommen, aber Frau Mewes machte keine Anstalten, die Tür zu öffnen.

„Schrecklich. Das ist wahr." Dany rollte mit den Augen. „Und diese Schmerzen, die der Hund hat, bis endlich der Tierarzt kommt."

„Und nachher! Wenn die Operation womöglich nicht gut verläuft."

Frau Mewes lächelte unter Tränen. „Aber Dr. Brendel gelingt doch jede Operation."

Dany nickte eifrig. „Natürlich. Er ist der beste Tierarzt an der ganzen Nordseeküste. Ich bewundere meinen Onkel. Ich wollte nur sagen, daß er einem auch manchmal richtig leid tut, wenn er jede Nacht bei Wind und Wetter zu kranken Tieren gerufen wird."

Er zögerte. Bimbo starrte ihren Cousin fasziniert an. Sie ahnte, worauf er hinauswollte. Sie fragte sich nur, ob Dany wirklich den Mut hatte, so etwas zu versuchen.

Aber Dany fuhr sich nur kurz mit der Zunge über die Lippen und redete weiter: „Ich meine, sicherlich würde er überhaupt nicht zögern, auch mitten in der Nacht Ihren *Whisky* zu operieren, wenn es ein Notfall ist..."

„Das hoffe ich..." flüstert Frau Mewes. Ihre Stimme war in dem allgemeinen Lärm, der durch die Schulflure hallte, kaum noch zu verstehen.

„Und gerade Ihnen würde er doch nie einen Wunsch abschlagen, weil er doch weiß, daß Sie sich für uns Kinder auch immer so aufopfern..."

So. Jetzt war es heraus. Dany hatte einen heißen Kopf. Aber er schaute der Lehrerin gerade ins Gesicht.

Ob sie ihn verstanden hatte?

Einen Augenblick starrte die Lehrerin ihn an. Es war, als kämen ihre Gedanken von ganz weit her. Sie schüttelte den Kopf, als müsse sie einen Alptraum loswerden, aber dann lächelte sie plötzlich. Sie legte Dany und Bimbo die Hand auf die Schulter und sagte: „Ich glaube, der Direktor ist gar nicht mehr da. Mir fällt gerade ein, er hat heute einen Termin in der Kreisstadt."

Dany und Bimbo wagten nicht zu atmen. Die Lehrerin runzelte die Stirn, als dächte sie nach. Dann sagte sie: „Okay. Bleiben wir fair. Wenn ich es mir recht überlege: So schlimm war der ganze Vorfall nicht. Wir wollen den Direktor nicht unnötig belästigen, nicht wahr?"

„Nein... wirklich nicht", hauchte Bimbo.

„Das wäre wirklich ganz unheimlich nett von Ihnen, Frau Mewes." Dany ergriff spontan ihre Hand und schüttelte sie. „Echt. Ganz irre nett wär das von Ihnen."

„Nun..." Frau Mewes räusperte sich. Die ganze Sache war ihr offensichtlich auf einmal etwas peinlich. „Den Eintrag ins Klassenbuch kann ich aber beim besten Willen nicht zurücknehmen."

„Klar." Den beiden fiel ein Stein vom Herzen. Blitzschnell rechnete Bimbo sich aus, wie viele Eintragungen sie in diesem Halbjahr schon hatte... Es könnte noch einmal gutgehen...

„Also, dann lauft jetzt los", sagte Frau Mewes. „Und versprecht mir, daß ihr in Zukunft aufmerksam dem Unterricht folgt."

„Versprochen!" rief Dany. Er gab Bimbo einen Rippenstoß. „Los. Versprich es!"

„Hab ich doch schon!"

„Ich hab's nicht gehört."

„Na, im Geiste hab ich es längst versprochen." Auch sie streckte der Lehrerin die Hand hin. „Vielen Dank auch. Das war stark von Ihnen. Danke schön."

Frau Mewes lächelte. Sie schaute den beiden nach, die davonstürmten. Aber dann fiel ihr etwas ein.

„Beatrice!"

Wie vom Donner gerührt blieb Bimbo stehen. Zögernd ging sie zurück. Ob die Lehrerin es sich doch wieder anders übelegt hatte?

„Ja?“ fragte sie scheu.

„Was mich noch interessieren würde: Wer ist dieser Feddersen, den du kaltmachen willst?“

Bimbo lachte. „Das hab ich doch nicht so gemeint.“

„Das glaube ich dir. Aber ich würde trotzdem gerne wissen, um wen es sich handelt. Ich bin einfach neugierig.“

„Der Bürgermeister von Braderup. Der veranstaltet nämlich demnächst ein Pferderennen am Strand.“

„Ah.“ Frau Mewes lächelte. „Den meinst du. Und du willst mit deinem Pony natürlich dabeisein.“

„Klar. Darum ging es. Aber woher wissen Sie das?“

„Das ist auch nicht schwer zu verstehen.“ Die Lehrerin lachte gutmütig. „Schließlich weiß die ganze Schule, daß du mit deinem Pony verheiratet bist.“

„Vielleicht lassen sie nur große Pferde an den Start. Aber das krieg’ ich raus.“

„Genau. Und wenn Herr Feddersen nur große Pferde an den Start läßt und du nicht mitreiten kannst, dann machst du ihn kalt.“ Frau Mewes lachte. Ihre Augen funkelten lustig.

„Wirklich, Bimbo, du bist schon ein komisches Mädchen. Man kann dir einfach nicht lange böse sein.“

Bimbo sah Frau Mewes an. „Ich Ihnen auch nicht“, murmelte sie, drehte sich um und rannte Dany hinterher.

2. Kapitel

Molle, Bimbos Schwester, und ihre Cousine Peggy warteten vor dem Schultor. Sie standen gegen ihre Fahrräder gelehnt und hielten ihre Gesichter in die Sonne, die gerade zwischen zwei Gewitterwolken hindurchblitzte.

„Endlich!“ stöhnte Molle, als Bimbo und Dany mit den Fahrrädern über den fast verlassenen Schulhof auf sie zukurvten. „Wir haben uns schon wer weiß was für Gedanken gemacht!“

„Was war denn los?“ Peggy konnte ihre Neugier kaum zügeln. „Was wollte die Mewes denn von euch?“

Bimbo warf einen Blick auf den roten Backsteinbau der Schule. Sie hatte das Gefühl, die Lehrerin stünde noch hinter einem der Fenster und schaute ihnen hinterher. Irgendwie wagte sie nicht, ganz unbekümmert zu erzählen. Sie konnte sich sehr gut vorstellen, daß Frau Mewes es sich noch einmal anders überlegte, wenn sie ein Feixen auf den Gesichtern der Schüler sah.

Sie trat in die Pedale. „Erzählen wir später!“ rief sie, „nicht hier.“

„Wieso nicht hier?“ Peggy versuchte, Bimbo einzuholen. „War es denn so schlimm?“

„Schlimm nicht. Aber es hätte ziemlich schlimm werden können.“

Dany nickte. Sie hatten inzwischen die schützende Holunderhecke erreicht. „Daß wir jetzt hier sind und nicht in einer Folterkammer vor uns hindarben, haben wir einem Cockerspaniel namens *Whisky* zu verdanken.“

Bimbo grinste. „Das ist ein unheimlich verwöhntes Tier. Daddy setzt ihn jedesmal auf Diät, wenn die Mewes mit ihm in die Praxis kommt. Er verschreibt dann drei Tage Fastenkur für den Hund.“

„Der arme *Whisky*“, meinte Molle mitfühlend.

Bimbo warf ihrer Schwester einen spöttischen Blick zu.

„Mein Schwesterherz hat schon wieder mal Mitleid. Sogar mit völlig überfressenen Hunden."

Molle riß einen Holunderzweig ab und schleuderte ihn zu ihrer Schwester hinüber. Aber die duckte sich und raste lachend davon.

„Bloß keinen Streit, Kinder!" rief Dany beschwörend. „Ich hab heute, nach all dem Schulstreß, mal Lust auf einen unheimlich gemütlichen Nachmittag. Totale Ruhe ist angesagt. Verstanden?"

„Jawohl, Chef", höhnte Peggy. Sie haßte es, wenn ihr Bruder sich aufspielte wie ein Familienvater. „Bloß, daß ich leider die neue Kassette hören will, die mich mir geliehen hab. Total gute Musik. Geht unheimlich los."

„Und das klingt nur, wenn man die Lautsprecher voll aufdreht."

Bimbo hatte inzwischen eine Kurve gefahren und sich wieder zu den anderen gesellt. Sie grinste. „Ich fürchte, mit der totalen Ruhe heute nachmittag wird es nichts, liebster Dany."

Dany seufzte. „Es wäre ja auch der erste Nachmittag, den wir auf dem Süderhof verbringen, an dem es mal friedlich zuginge."

Bimbo lachte. „Auf dem Süderhof ist eben immer Action. Ist doch toll, oder nicht? Gefällt es dir etwa nicht mehr bei uns?"

Dany warf seiner Cousine einen langen Blick zu. „Du weißt genau, wie gut es uns bei euch gefällt."

„Außerdem haben wir ja keine andere Wahl", fügte Peggy hinzu. „Wohin sollten wir schließlich sonst gehen?"

Dany, Peggy und ihr kleiner Bruder Benjamin lebten seit dem letzten Sommer auf dem Süderhof. Ihre Eltern, die beide Tierforscher gewesen waren, hatten eine Forschungsreise nach Afrika unternommen und waren bei einem Flugzeugabsturz ums Leben gekommen. Der Tierarzt Dr. Brendel war der Onkel von Dany, Peggy und Benjamin, so war

es ganz selbstverständlich, daß die drei Kinder nach dem Tod der Eltern auf den Süderhof kamen. Inzwischen waren sie alle wie eine große Familie, und Molle und Bimbo vergaßen manchmal ganz, daß die beiden Kinder (und auch der kleine freche Ben), gar nicht ihre richtigen Geschwister waren, sondern Cousins und Cousine...

„Wer hat Lust auf ein Eis?" fragte Molle plötzlich. Sie zog aus ihrer Schultasche einen Zehnmarkschein. „Ich hab heute meinen spendablen Tag. Ich könnte euch einladen."

„Woher hast du das Geld?" schrie Bimbo.

Molle lächelte. Rasch steckte sie den Schein wieder weg.

„Von Oma. Weil ich den Käfig von James Bond geputzt und ihr beim Gardinenwaschen geholfen habe."

„Gemein!" Bimbo maulte. „Wenn ich gewußt hätte, daß es dafür so viel Kohle gibt, hätte ich das bißchen Arbeit auch getan."

„Hast du aber nicht!"

„Molle ist eben anders als wir", sagte Peggy. „Die ist eben immer hilfsbereit. Deshalb ist sie auch Oma Brendels Liebling."

„Stimmt doch überhaupt nicht!" Molle sah Peggy empört an. „Oma hat nur einen Liebling, und das ist der kleine Ben. Den vergöttert sie ja geradezu. Dagegen haben wir alle überhaupt keine Chance."

Benjamin war das Nesthäkchen der Familie. Er hatte es am allerschwersten, sich daran zu gewöhnen, daß er nun ohne seine Eltern aufwachsen würde. Die Mutter von Molle und Bimbo, Sonia Brendel, war Schriftstellerin, und es war nicht immer leicht für sie, sich für die Kinder genug Zeit zu nehmen. Manchmal war sie so in ein Buch vertieft, daß sie vergaß, rechtzeitig das Mittagessen zu kochen. Sonia Brendel hatte auch schon einige Bücher über Kindererziehung geschrieben, obwohl sie, wie die Kinder fanden, gerade davon keine Ahnung hatte...

Aber ob die Kinder nun recht hatten oder nicht, auf jeden Fall war es ein Glück, daß Ben die Oma Brendel hatte, die sich Tag und Nacht um ihn kümmerte.

„Aus dem Eisessen wird nichts", stellte Dany, nach einem prüfenden Blick in den Himmel, plötzlich fest. „Das sieht unheimlich nach einem Gewitter aus. Schaut mal, da hinten!"

Gerade zuckte ein riesiger greller Blitz über den Himmel, und im gleichen Augenblick rauschte laut der Wind in den alten Bäumen der Allee auf.

„Ein Gewitter!" rief Bimbo entsetzt. „Und Klärchen ist draußen auf der Koppel!"

„Ist das schlilmm?" fragte Peggy.

„Ob das schlimm ist?" Bimbo starrte Peggy fassungslos an. „Das ist eine Katastrophe! Klärchen hat panische Angst vor Gewitter! Die dreht dann vollkommen durch."

„Also los, volle Pedale voraus!" schrie Dany. Er stemmte sich auf seinem Fahrrad gegen den Wind, der immer heftiger wurde.

„Wartet!" Molle strampelte keuchend hinterher. Sie wurde auch deshalb Molle genannt (eigentlich hieß sie Manuela), weil sie immer noch ein bißchen zu viel Babyspeck hatte. Und deshalb war sie nicht ganz so sportlich wie die anderen.

Peggy, die mit ihren Eltern einige Zeit in Amerika gelebt hatte, konnte sogar Sportarten wie Baseball und Hockey, außerdem schwamm sie mühelos 200 Meter im Delphinstil. Molle hatte schon bei ihrem ersten Versuch, es Peggy gleichzutun, heftig Wasser schlucken müssen.

„Wartet doch!" rief sie. „Fahrt mir doch nicht immer einfach davon! So schlimm ist das Gewitter doch gar nicht!"

Aber sie irrte sich. Plötzlich zuckte wieder ein greller Blitz, und der Donner entlud sich direkt über ihnen mit einem unheimlichen Krachen. Vor Schreck wäre Molle beinahe vom Rad gefallen.

Und dann begann der Regen. Er peitschte ihnen direkt ins Gesicht, und schon nach wenigen Sekunden waren ihre

Kleider durchnäßt. Molle dachte voller Angst an ihre Schulbücher, die sie einfach nur hinten auf den Gepäckträger geklemmt hatte.

Sie stieg ab, zog ihre Strickjacke aus und wickelte sie um die Bücher. Als sie die Allee entlangschaute, waren die anderen längst verschwunden.

„Typisch", murmelte sie, sich das Wasser aus den Haaren schüttelnd. „Die nehmen nie auf irgend jemanden Rücksicht."

Gegenüber war eine Bushaltestelle. Molle rannte mit dem Rad hinüber und stellte sich unter das Dach.

Wieder schoß ein greller Blitz über den Himmel, und sofort krachte es so laut, daß sich Molle automatisch die Ohren zuhielt.

„Angst?"

Molle zuckte erschrocken zusammen und drehte sich um. Erst jetzt bemerkte sie, daß noch jemand unter dem Dach Schutz gesucht hatte.

Im ersten Augenblick war Molle richtig verwirrt, als sie den Mann anschaute. Er war so winzig, kaum größer als sie, dabei hatte er ein ganz altes Gesicht, sonnenverbrannt und gegerbt. Wie bei Leuten, die immerzu an der frischen Luft sind. Er trug einen breitkrempigen Hut und ein buntes, geblümtes Hemd, das Molle schrecklich geschmacklos fand. Seine Beine waren die klassischsten O-Beine, die Molle je gesehen hatte. Zu den Jeans trug er Cowboystiefel, an denen Sporen mit scharfen Zacken befestigt waren. Er hatte einen Zigarrenstummel im Mund, an dem er herumkaute. Seine Augen waren ganz blau. Er grinste, als er sah, wie Molle bei jedem Blitz zusammenzuckte und die Augen zupreßte.

„Angst?" fragte er noch einmal.

Molle warf den Kopf zurück. „Überhaupt nicht." Sie lehnte sich an die Glaswand des Wartehäuschens und starrte in den Himmel, wie um ihm zu beweisen, daß sie den nächsten Blitz nicht fürchtete.

„Ich habe aber Angst", sagte der Mann plötzlich. „Oder sagen wir besser: Ich hab Respekt. Ich hab mal zugesehen, wie einer vom Blitz erschlagen wurde."

Molle drehte sich neugierig zu ihm um. „Vom Blitz erschlagen?"

„Genau. Der Blitz kam so ... ssscht ... vom Himmel direkt auf ihn runter, als der Mann auf die Rinderkoppel ritt. Ich war keine zwanzig Meter hinter ihm. Ich hab gesehen, wie der Blitz direkt in den eisenbeschlagenen Sattelknauf gefahren ist. Peng. Hättest sehen müssen, wie das Pferd dagelegen hat. Und der Mann. Beide mausetot. Also, seitdem hab ich Angst vor Gewittern."

Der Fremde nahm den Zigarrenstumpen aus dem Mund und spuckte ein paar zerkaute Tabakkrümel aus. Molle wandte sich schaudernd ab.

„Das war in Texas", erzählte der Mann weiter. „Schöne Zeiten damals, wir haben einen Film gedreht, Zigarettenreklame. Du kennst die Dinger bestimmt."

Molle nickte. Sie wagte noch einen zweiten Blick. Wie ein Filmschauspieler sah der Typ wirklich nicht aus. Aber irgendwie interessant, fand sie.

Der Mann schaute auf seine Armbanduhr. „Der verdammte Bus hat Verspätung", stellte er fest. „Der sollte schon vor einer Viertelstunde hier sein. Elendes Nest. Wieso hab ich kein Taxi vom Bahnhof genommen. Schön blöd."

Molle hob gleichmütig die Schultern. Was sollte sie dazu sagen. Wenn er selber fand, daß er blöd war, hatte er bestimmt recht. Sie wrang das Wasser aus ihrer Strickjacke, bis sich eine kleine Lache auf dem Steinfußboden bildete. Dann löste sie das Gummiband von den Schulbüchern und begann die Buchdeckel mit einem Taschentuch, das trokken geblieben war, abzureiben.

Immer noch prasselte der Regen unvermindert auf das Plexiglasdach. Es war ein ungeheurer Lärm, der aber von dem Donnergrollen noch übertönt wurde.

Wieder schaute der Mann auf die Uhr. „Sag mal, fährt hier überhaupt ein Bus? Das ist ja eine gottverlassene Gegend. Ich stehe eine Ewigkeit hier, und es ist noch kein einziges Auto vorbeigekommen."

„Ist doch schön", sagte Molle, die immer gleich beleidigt war, wenn jemand die Gegend schlecht machte. „Wenn Sie Autos sehen wollen, können Sie sich ja auf eine Autobahnbrücke stellen."

Der Mann lächelte. „Du hast wohl was gegen die Technik."

„Überhaupt nicht." Molle verzog ihr Gesicht. „Ist mir völlig egal, ich hab mein Fahrrad."

„Klar, dein Fahrrad."

„Wenn ich wollte", sagte Molle plötzlich, „könnte ich auch mit einem Pferd zur Schule reiten. Mit einem Pony. Es heißt Klärchen."

„Donnerwetter." Der Mann lächelte. „Das ist ja fast wie im Wilden Westen hier." Er schaute Molle von oben bis unten an. So ungeniert, daß Molle richtig rot wurde.

„Wie ein Cowboy siehst du allerdings nicht aus", meinte er.

In diesem Augenblick kam der Bus. Das Wasser spritzte über den Bürgersteig. Molle hechtete in die hinterste Ecke des Wartehäuschens. Die automatischen Türen öffneten sich, der Mann stieg ein, und die Türen gingen wieder zu. Molle sah, wie er durch den Mittelgang auf einen leeren Platz zuging und ihr noch einmal zuwinkte. Aber sie winkte nicht zurück.

„Komischer Typ", dachte sie. „Wieso soll ich aussehen wie ein Cowboy? Wir sind hier schließlich an der Nordsee und nicht in Texas! Schade, daß mir das nicht ein bißchen früher eingefallen ist", dachte sie, als der Bus anfuhr und sie den roten Schlußlichtern hinterherschaute.

Der Regen ließ nicht nach. Molle begann zu frieren. Einige Autos fuhren vorbei, aber niemand hielt und es hätte ja auch nichts genützt. Schließlich konnte Molle das Fahrrad nicht einfach an einer Bushaltestelle stehenlassen. Als es eine halbe Stunde später immer noch genauso heftig regnete, und Molle am Horizont keinen noch so winzigen hellen Streifen erkennen konnte, stieg sie seufzend auf ihr Fahrrad und radelte durch den Regen nach Hause.

3. Kapitel

Bis auf die Haut durchnäßt erreichte Molle den Süderhof. Von den anderen Kindern war nirgendwo eine Spur. Sie ließ ihr Rad vor der Haustür einfach fallen und lief gebückt ins Haus.

In der Halle blieb sie stehen und schüttelte sich wie ein Hund. Zu ihren Füßen bildete sich eine Wasserlache, und als Molle in ihren Turnschuhen, die mit Regenwasser gefüllt waren, in Richtung Küche patschte, gab es quietschende Geräusche auf dem alten Holzfußboden.

Der kleine Ben kam ihr, den Kater Samson auf dem Arm, entgegen. Entgeistert blieb er stehen. „Iiiiih! Wie siehst du denn aus!" rief er entsetzt. „Du bist ja ganz naß."

Molle warf ihm einen kurzen Blick zu. „Das hätte ich selbst überhaupt nicht gemerkt. Gut, daß du es mir gesagt hast. Ich geh jetzt schnell nach oben und zieh mir trockene Sachen an und fön mir noch kurz die Haare." Wenig später kam Molle wieder herunter und fragte Ben, „wo sind die anderen?"

„Samson und ich sind hier", antwortete Ben. Er drückte sein Gesicht in das seidige, weiche Fell des Perserkaters, der ergeben die Augen schloß. Samson haßte es, von kleinen Kindern auf dem Arm herumgetragen zu werden. Er haßte es überhaupt, wenn man allzuviel Interesse an ihm zeigte. Am liebsten saß er auf dem Seidenkissen im Studio von Molles Mutter auf dem Fensterbrett und schaute seinem Frauchen zu, wie sie ihre Gedanken zu Papier brachte, das heißt, eigentlich schaute er nur zu, wie der Papierkorb sich mit zusammengeknüllten Zetteln füllte. Denn Sonia Brendel war eine Meisterin im Zerknüllen von Papier, weil sie das, was sie geschrieben hatte, selten gut genug fand.

„Dich sehe ich. Und Samson auch." Molle beugte sich vor, um Ben einen Kuß auf die Nasenspitze zu geben. Aber der verzog sein Gesicht und flüchtete. „Du bist ja pitschnaß!" rief er empört. „Da kann ich dir doch keinen Kuß geben!"

Ben trug wie immer seine Jeanslatzhosen und dazu einen leuchtend roten Nicky. Mit seinen blonden Locken, die ihm fast bis auf die Schulter fielen, sah er aus wie ein Engel.

Molle war so entzückt von ihm, daß sie ihm jeden Wunsch erfüllte und auch nicht wütend wurde, wenn er sich in ihrem Zimmer aufführte, als sei es seine eigene Räuberhöhle.

„Und wo ist Mami?"

„Tante Sonia arbeitet", antwortete Ben ernst. „Die darfst du nicht stören. Sie hat gerade einen klugen Gedanken." Er streifte über Samsons Schnurrbarthaare, bis es dem Kater zu dumm wurde. Mit einem Riesensatz sprang er auf den Boden und stolzierte davon. Traurig schaute Ben ihm nach. „Ich wollte gerade mit ihm spielen."

„Dann spiel mit mir. Komm, wir suchen die anderen. Wieso sind die immer noch nicht da? Und was gibt es überhaupt zum Mittagessen? Wollen wir mal in der Küche nachsehen?"

Ben nahm folgsam Molles Hand und trabte mit ihr in die Küche. Der Tisch war bereits gedeckt. In der Mitte stand eine riesige Schüssel. Molle beugte sich über den Tisch. „Mhmh", machte sie, „Nudelsalat mit Schinken. Toll. Schmeckt dir das?"

„Ich weiß nicht." Ben kletterte auf einen Stuhl. „Kann ich eine Nudel probieren?"

„Klar." Molle steckte ihm eine Nudel zwischen die Lippen und Ben begann andächtig zu kauen. Wie ein Genießer schloß er die Augen. Als er sie wieder öffnete, sagte er: „Fehlt ein bißchen Salz."

„Okay, du Feinschmecker. Dann tun wir noch ein bißchen Salz dazu." Molle nahm aus dem Küchenschrank den Salzstreuer.

„Und Ketchup", befahl Ben. Er hatte seine Serviette aus dem Serviettenring genommen und sie sich um den Hals gebunden. Wie ein Pascha saß er, die Gabel startbereit in der Hand, auf seinem Platz.

„Ketchup? Das paßt doch nicht."

„Ich will aber Ketchup!"

Molle seufzte. „Eines Tages wirst du auch noch Ketchup zum Rosinenbrot essen."

„Nee. Überhaupt nicht! Das schmeckt doch eklig!" Ben schaute mit ernstem Gesicht zu, wie Molle Salz über den Nudelsalat streute und alles noch einmal durchmischte. Dann füllte sie seinen Teller.

„Und wo ist der Ketchup?" fragte Ben drohend.

„Hier." Molle schob ihm eine Tube Ketchup hin.

„Ich will aber das aus der Flasche!"

„Das ist alle. Verflixt noch mal, jetzt nimmst du das! Das ist doch genau die gleiche Marke!"

Molle liebte Ben zwar, und sie fand es irgendwie ganz toll, sich wie eine Mutter um den kleinen Jungen zu kümmern, aber ihre Geduld reichte nie allzulange. Sie ging zum Fenster und starrte in den Küchengarten. Es regnete immer noch. „Wo die anderen nur sind", sagte sie. „Ich versteh das nicht. Die sind doch lange vor mir losgefahren."

„Mach dir nichts draus." Ben schraubte fröhlich den Verschluß von der Tube. „Laß sie doch. Kann ich auch Apfelsaft haben?"

„Klar." Molle holte eine Flasche Apfelsaft aus der Speisekammer, nahm ein Glas aus dem Schrank und stellte es hin. In diesem Augenblick drückte Ben auf die Ketchuptube, und ein dicker, roter Strahl schoß genau in sein Gesicht.

Ben war vor Schreck wie erstarrt. Die rote Soße lief ihm von den Haaren über das rechte Auge, die rechte Wange hinunter und tropfte auf die Serviette.

Molle warf sich auf ihren Stuhl. „Weißt du, wie du aussiehst?" kicherte sie. „Wie ein Vampir! Wirklich! Wie ein richtiger Vampir! Alles Blut! Uuuuuuuh. Ich glaub, ich muß mich vor dir fürchten!"

Ben erwachte langsam aus seiner Erstarrung. Er schleuderte die Ketchuptube, die er immer noch in der Hand hielt, in die Ecke und begann zu schreien. Er saß einfach da und schrie.

Von oben hörte man ein Poltern und dann eilige Schritte, die die Treppe herunterkamen, und plötzlich wurde die Tür aufgerissen und Molles Mutter stand da.

Sie wurde kreidebleich. „Um Gottes willen!" rief sie. „Was ist passiert? Was hast du, mein Engel? O Himmel, wie schrecklich!" Sie sah sich verzweifelt um. Wie immer, wenn es wirklich ernst war, wußte Sonia Brendel nicht, was sie zuerst und zuletzt tun sollte.

„Es ist nichts Schlimmes", erklärte Molle schnell, die das Entsetzen in den Augen ihrer Mutter sah.

„Molle! Du bist da! O Gott, wie konnte das passieren? Bens Gesicht voller Blut! Was ist denn los?"

Sie rannte zu Ben, kniete sich hin und schaute ihn an.

Ben schrie und schrie.

„Hör auf zu weinen, Kleiner!" flehte Sonia Brendel. „Bitte, gleich wird alles wieder gut. Ein Arzt! Wir müssen einen Arzt rufen! Wie ist noch die Nummer von Dr. Friedrichsen? Weißt du sie aus dem Kopf, Molle? Ben muß sofort zu einem Arzt."

Molle, die das Ganze urkomisch fand, wagte jetzt nicht mehr zu lachen. „Mama! Ich sag dir doch, es ist nichts Schlimmes."

Ben schrie. Er brüllte so, daß Molle schon meinte, die Fensterscheiben würden zerspringen.

„Nichts Schlimmes?" rief Sonia Brendel empört. „Hier sitzt der kleine Kerl blutüberströmt und du sagst, es ist nichts Schlimmes!" Sie rannte zum Waschbecken, nahm ein frisches Geschirrtuch und hielt es unter den Wasserhahn. Sie wrang es aus und eilte damit zu Ben, der plötzlich, von einer Sekunde zur anderen aufgehört hatte zu schreien.

„Es ist doch nur Ketchup, Mami!" rief Molle.

„Was?“ Verwirrt schaute Frau Brendel zu ihrer Tochter hinüber. „Was sagst du?“

„Es ist nur Ketchup! Er hat aus Versehen am falschen Ende auf die Tube gedrückt.“

„Stimmt gar nicht!“ Ben riß sich die Serviette ab, und als er all die rote Soße entdeckte, begann er wieder zu schreien. Er wollte sich schluchzend in die Arme von Sonia Brendel werfen, aber die trug einen schneeweißen Baumwollpulli und versuchte, Ben an den ausgestreckten Armen von sich wegzuhalten.

„Wirklich Ketchup?“ Sie schüttelte den Kopf. „Und ich bin darauf reingefallen! Wißt ihr, was ich gedacht habe? Ach, ich sage es lieber nicht.“

„Weiß ich doch genau. Du hast gedacht, der kleine Ben sitzt blutüberströmt am Mittagstisch, nur weil du, die böse Rabenmutter, wieder einmal nicht aufgepaßt hat.“

Sonia Brendel schaute ihre Tochter lange an. „Ich schreibe gerade an einem Kapitel über Unfälle mit Kindern“, sagte sie. „Wie man reagiert, wenn ein kleiner Junge, zum Beispiel, sich beim Spielen verletzt.“

„Aha.“ Molle nahm ihrer Mutter das Tuch aus der Hand und begann, Bens Gesicht abzuwischen. Er war plötzlich lammfromm und ließ es ohne Widerstand geschehen. „Da schreibst du sicherlich ganz kluge Dinge.“

„Ja. Vor allen Dingen muß man Ruhe bewahren. Ruhe zu bewahren angesichts einer Gefahr ist das Allerwichtigste. Man muß ganz klar die Situation überblickt haben, bevor man handelt.“

Molle konnte sich ein Grinsen nicht mehr verkneifen. „Es ist toll, Mami, wie gut du die Ruhe bewahrt hast.“

Sonia Brendel lächelte. Sie pustete eine Haarsträhne aus dem Gesicht und schaute zu, wie Molle Ben behutsam von der süßsauren, roten Soße befreite.

„Ich glaube, es ist ein wirklich gutes Kapitel geworden“, fuhr Frau Brendel fort.

„Bestimmt, Mami. Und eines Tages wirst du im richtigen

Leben genau so tolle Sachen machen, wie du sie in deinen Büchern immer empfiehlst. Völlig klar."

Molle lief zwischen Spüle und dem Tisch hin und her, sie wusch das Tuch immer wieder aus, bevor sie sich erneut mit Bens Gesicht beschäftigte. Er sah schon beinahe wieder sauber aus.

Sonia Brendel hatte auf einem anderen Stuhl Platz genommen und schaute hingerissen zu.

„Du machst das wirklich wunderbar, Molle“, meinte sie anerkennend.

„Ja, nicht? Von wem ich das wohl gelernt habe? – So, kleiner Mann, jetzt bist du wieder sauber. Aber die nächste Portion Ketchup darf ich dir auf den Teller tun, ja?“

Ben nickte stumm. Er saß mit vor Staunen geweiteten Augen am Tisch. Er konnte immer noch nicht ganz begreifen, was eigentlich passiert war.

Frau Brendel blickte über den gedeckten Tisch. „Wo sind denn die anderen?“ fragte sie. „Noch in der Schule?“

„Die müßten längst hier sein. Ich frag mich auch, was los ist. Wir sind in ein totales Gewitter gekommen. Ich hab mich bei der Bushaltestelle untergestellt, aber die anderen sind gleich weiter. Sie wollten Klärchen...“

In diesem Augenblick fiel es ihr wieder ein. Sie wollten ja das Pony von der Koppel holen, weil Klärchen bei einem Gewitter immer in Panik geriet.

Molle riß in der Eile beinahe einen Stuhl um. „Paßt du auf Ben auf? Ich bin gleich zurück.“ Sie flitzte aus der Tür.

„Wo geht Molle hin?“ fragte Ben, während er sich eine Nudel in den Mund schob.

„Ach, Bennilein, woher soll ich das wissen?“ Frau Brendel seufzte. „Die Kinder tun doch den ganzen Tag, was ihnen gerade einfällt. Ich glaub, ich werd auch ein bißchen Nudelsalat essen.“

Molle fand die anderen Kinder wie erwartet im Pferdestall. Sie hatten Klärchen in ihre Box geführt. Dany schleppte gerade einen frischen Strohballen aus der Scheune an, und Peggy und Bimbo waren dabei, das pitschnasse Tier mit Stroh trockenzureiben.

Klärchen zitterte am ganzen Körper. Sie hatte die Ohren zurückgelegt, und von ihren Augen sah man nur das Weiße. Als Bimbo versuchte, ihr Fell zwischen den Vorderbeinen trockenzureiben, biß das verängstigte Tier Bimbo in den Arm.

„Au! Verflucht!“ Wütend rieb Bimbo ihren Arm.

„Die ist ja vollkommen in Panik.“

Molle trat an Klärchens Kopf und streckte vorsichtig die Hand nach ihr aus. Sofort scheute Klärchen und sprang rückwärts.

„Laß sie doch in Ruhe!“ Bimbo warf ärgerlich eine Handvoll Stroh auf den Boden. „Wir sind froh, daß wir sie überhaupt bis hierher bekommen haben.“

„Wo warst du überhaupt?“ Dany, der mit seinem Taschenmesser die Bindeschnur um den Strohballen aufschnitt, schaute Molle an. „Ist dein Rad unterwegs kaputtgegangen?“

Molle wurde rot. „Ich hab mich untergestellt“, murmelte sie ausweichend. „Ich hatte keine Lust, so naß zu werden.“

„Ah. Typisch. Das also ist meine hilfsbereite Schwester.“

Bimbo war immer noch wütend. Molle fragte sich, warum die Stimmung so gereizt war.

Sie ging zu Peggy hinüber, die Klärchens Augen und Nüstern mit einem weichen Lappen ganz behutsam trocknete.

„Schaut mal“, sagte Peggy glücklich, „bei mir ist sie ganz ruhig!“

Bimbo warf Peggy einen giftigen Blick zu. „Das bildest du dir bloß ein!“

Molle ging zu Dany, der auf dem Gang stand und das nasse Lederhalfter mit einem Tuch trockenrieb.

„Dicke Luft?“ fragte sie flüsternd.

Dany rollte mit den Augen. „Und ob! Du kannst dir gar nicht vorstellen, was das für ein Tanz war, bis wir Klärchen endlich eingefangen hatten. Die war total in Panik. Und das Schönste ist: Sie hat sich nicht von Bimbo einfangen lassen, sondern von Peggy. Das hat Bimbo fertig gemacht.“

„Das kann ich mir vorstellen“, meinte Molle nachdenklich. „Wo Bimbo doch glaubt, daß das Pony nur sie liebt.“

„Und dann“, erzählte Dany leise weiter, „als Bimbo

Klärchen in den Stall reiten wollte, hat das Pony plötzlich gescheut und Bimbo abgeworfen." Er näherte sich Molle und sprach jetzt noch leiser. „Und ich hab blödsinnigerweise auch noch darüber gelacht. Sie hat reagiert wie eine Furie, sag ich dir! Hier war vielleicht Stimmung."

„Ach, jetzt kapier ich!" Molle warf ihrer Schwester einen langen Blick zu. Sie wußte, daß Bimbo unheimlich ehrgeizig war, was ihre Reitkünste betraf. Und sie konnte auch wirklich reiten, als wenn sie auf einem Pferderücken geboren wäre. Wie angeschweißt saß sie im Sattel, auch wenn Klärchen sprang und scheute oder bockte. Molle konnte sich nicht erinnern, wann Bimbo zum letzten Mal vom Pferd gefallen war.

„Bimbo wollte Klärchen in den Stall reiten, und kurz vor dem Stalltor kam wieder so ein Donner, und da ist Klärchen senkrecht in die Luft gestiegen. Und Bimbo ist auf dem nassen Rücken einfach hinten über die Kruppe runtergerutscht."

Dany mußte unwillkürlich wieder grinsen. „Es sah wirklich ganz schön komisch aus, wie Bimbo versucht hat, sich an Klärchens Schweif festzuhalten."

„Ha, ha." Bimbo warf den beiden einen flammenden Blick zu. „Ich weiß genau, worüber ihr redet. Bloß, daß ich das überhaupt nicht komisch finde."

„Mensch, Bimbo, du hast wirklich keinen Funken Humor." Dany sah sie verständnislos an. „Du kannst immer über andere lachen, aber nie über dich, was?"

Bimbo wurde brennend rot. Sie steckte die Hände in die Hosentasche und stapfte stumm aus dem Stall.

Die anderen drei sahen sich verblüfft an. „Was hat sie denn jetzt?" fragte Peggy verwirrt.

„Mach dir nichts draus." Molle lächelte. „Bimbo kann es eben nicht haben, wenn Dany sie nicht gut findet."

„Ich?" fragte Dany. „Was hat denn das mit mir zu tun?"

Molle hob die Schultern. „Kann doch sein, daß Bimbo sich in dich verknallt hat, oder?"

Jetzt wurde Dany rot. „Das kann überhaupt nicht sein!“ rief er. „So einen Quatsch hab ich lange nicht gehört.“ Wütend rieb er Klärchens Fell ab. Klärchen stand immer noch zitternd da, aber ihre Atmung war schon viel ruhiger. Der Regen draußen rauschte inzwischen gleichmäßig und sanft, und die grollenden Donner hatten sich weit aufs Meer zurückgezogen.

„Wenn Gewitter ist“, sagte Peggy, die immer versucht war, die Stimmung zu retten, „dann ist automatisch Spannung in der Luft. Man muß das nicht so tragisch nehmen. Kann ja auch sein, daß Bimbo sich wehgetan hat bei ihrem Sturz.“

„Das kann wirklich sein“, meinte Dany hastig. „Ich trau ihr zu, daß sie viel zu stolz ist, um das zuzugeben.“

„Also gut.“ Molle nahm Peggy das Halfter aus der Hand. „Jetzt lassen wir Klärchen in Ruhe und gehen alle zum Essen. Mami sitzt mit Ben in der Küche. Ich hab ihr gesagt, daß ich gleich wiederkomme.“ Sie grinste verlegen. „Ich wußte ja nicht, daß hier so eine schlechte Stimmung herrscht. Da wär ich gleich dortgeblieben und hätte in Ruhe meinen Nudelsalat gegessen.“

4. Kapitel

Bimbo saß mit aufgestützten Ellenbogen am Küchentisch. Ben hockte auf dem Küchenboden und spielte mit seinen kleinen Rennautos. Dazu machte er ein Geräusch wie hundert Formel-1-Autos auf einer richtigen Rennbahn. Der Lärm war ohrenbetäubend, aber Bimbo störte das nicht. Sie hatte nur einen Gedanken.

„Klärchen hat mich abgeworfen", klagte sie ihrer Mutter. „Kannst du dir das vorstellen? Mein eigenes Pferd wirft mich ab! Oh, ich war so zornig... so... ich hätte..."

Sonia Brendel verteilte gerade den Schokoladenpudding in kleine Schälchen. Sie drehte sich halb zu Bimbo um.

„So was passiert doch jedem. Selbst den allerbesten Reitern. Das ist doch überhaupt nicht schlimm."

„Doch! Natürlich ist es schlimm!" Bimbo hatte immer noch einen ganz heißen Kopf. „Dany und Peggy haben zugeguckt!"

„Na und?!" Bimbos Mutter lachte. „Schämst du dich etwa vor den beiden? Die gehören doch zur Familie."

„Trotzdem." Bimbo preßte die Lippen zusammen. Sie schob den Teller mit dem Nudelsalat von sich weg. „Dany hat außerdem gelacht. Richtig schadenfroh gelacht. Ich finde das unheimlich gemein. Ich lach doch auch nicht, wenn ihm mal ein Mißgeschick passiert."

„Vielleicht hat es einfach komisch ausgesehen."

„Komisch! Was soll denn daran komisch sein, wenn man über einen Pferdehintern auf den Boden rutscht? Ich bin mitten in einer Pfütze gelandet und hab noch versucht, mich an Klärchens Schwanz wieder hochzuziehen, aber die ist in einem Satz los und in ihren Stall."

Frau Brendel lachte. „Wahrscheinlich war das wirklich eine komische Szene", sagte sie. „Du mußt es Dany nicht übelnehmen, daß er gelacht hat. Er hat dich ja nicht ausgelacht."

„Woher willst du das wissen?“ schmollend sah Bimbo ihre Mutter an.

„Ich weiß das eben. Er mag dich doch.“

Bimbo schluchzte. Sie fuhr mit der Hand über ihre nassen Haarsträhnen. „Glaubst du wirklich?“ fragte sie heiser. „Glaubst du das echt?“

„Das sieht doch ein Blinder“, antwortete Frau Brendel. Sie nahm einen Topf Vanillesoße aus dem Kühlschrank und verteilte sie auf dem Schokoladenpudding.

Bimbo schaute sie fasziniert an. „Bist du sicher?“

„Na ja. Ziemlich sicher. So sicher, wie man in so einer Sache sein kann.“ Sonia Brendel drehte sich zu Bimbo um.

Sie sah ihr forschend ins Gesicht. „Ist das denn so wichtig?"

Bimbos Gesicht glühte. „Ich schätze schon", murmelte sie. Sie stand auf, umarmte ihre Mutter und flüsterte. „Danke. Danke Mami, du bist echt toll. Ich trockne mir nur mal eben meine Haare, die sind ja total durcheinander."

„Das kann ich nicht finden." Lächelnd strich Sonia ihrer Tochter die Haare aus dem Gesicht. „Wenn ich so eine Löwenmähne hätte, wäre ich froh."

Bimbo war plötzlich wie ausgewechselt. Sie lachte, küßte ihre Mutter, bückte sich und gab auch Ben, der völlig verblüfft in seinem Autorennen innehielt, einen schmatzenden Kuß mitten auf den Mund. „Ihr seid alle süß!" rief sie, „richtig süß. Und nachher, wenn es aufhört zu regnen, fahr ich rüber zum Bürgermeister von Braderup und erkundige mich, ob auch Ponys an dem Rennen teilnehmen können."

„Was willst du?" Vor Schreck hätte Bimbos Mutter beinahe den Soßentopf fallenlassen.

„Ich will bei dem Hindernisrennen mitmachen", antwortete Bimbo ungerührt. „Klärchen ist schnell wie der Wind. Vergiß nicht, daß sie Araberblut in den Adern hat. Das weißt du doch. Und sie ist den Sand gewöhnt. Wieso soll ich nicht mitreiten?"

„Weil das ein Wahnsinn ist", erwiderte ihre Mutter entsetzt. „Das ist doch ein Sport für Erwachsene und nicht für Kinder."

„Ich bin kein Kind mehr." Bimbo reckte sich. „Ich bin bald fünfzehn."

„Aber es ist gefährlich!"

„Was soll denn daran gefährlich sein, wenn ein paar Pferde den Strand entlanggaloppieren?"

Ihre Mutter sah sie eindringlich an. „Erstmal sind es nicht ein paar Pferde, Beatrice (oh, dachte Bimbo, sie nennt mich auf einmal Beatrice! Jetzt wird es ernst!). Und zweitens ist es ein Hindernisrennen. Dafür bauen sie richtige schwere Oxer auf dem Strand auf."

„Na und? Klärchen springt locker einssechzig."

Bimbos Mutter seufzte. „Ich denke, dein Vater wird mit dir reden müssen. Mir glaubst du offenbar nicht."

„Ich weiß nicht, was an der Sache so schlimm sein soll." Bimbo lachte unbekümmert. „Ich schätze, es wird ein toller Spaß!"

Bimbos Mutter schüttelte verzweifelt den Kopf. „Bimbo, Bimbo! Du denkst, dir gelingt immer alles, nicht? Du denkst, dir kann nichts passieren."

Lachend umarmte Bimbo ihre Mutter noch einmal. „Mami, gewöhn dich endlich an den Gedanken: Ich bin ein Sonntagskind!"

Bimbo wollte gerade entwischen, um ihre Haare zu föhnen, da hielt ihre Mutter sie am Ärmel fest: „Ich möchte, daß du erst deinen Daddy um Erlaubnis fragst wegen dieser Sache."

„Ich soll Daddy fragen?" maulte Bimbo. „Aber wieso kann ich das nicht allein entscheiden?"

„Weil die Sache wirklich nicht ungefährlich ist und wir für dich die Verantwortung tragen."

„Okay, dann frag ich ihn nachher. Ich geh dann nach dem Essen rüber in die Klinik."

Der Regen hörte ebenso plötzlich auf, wie er angefangen hatte, und wenig später war der Himmel blau, wie frisch gewaschen.

„Am liebsten würde ich sofort rüberfahren nach Braderup und mit dem Bürgermeister reden", sagte Bimbo, als sie von den Schularbeiten aufsah und sehnsüchtig nach draußen schaute. Die Kinder hatten ihre Schularbeiten im Eßzimmer auf dem großen Tisch ausgebreitet. Früher, als Peggy und Dany noch nicht auf dem Süderhof wohnten und Molle und Bimbo ihre eigenen Zimmer hatten, wurden die Schularbeiten immer auf dem Zimmer gemacht. Aber inzwischen fanden die Kinder es viel unterhaltsamer, zusammen um den alten runden Eichentisch zu sitzen. Dany, der so gut in Mathematik war, gab Bimbo immer gleich

Nachhilfestunden, und Peggy mit ihrem perfekten Englisch war überhaupt besser als jedes Wörterbuch. Dafür konnte Molle Peggy in Geschichte helfen (Geschichte gehörte komischerweise zu ihren Lieblingsfächern), und Bimbo verteilte großzügig Ratschläge, wie man mit dem geringsten Aufwand die besten Aufsätze schrieb.

Das Eßzimmer war eingerichtet wie eine alte friesische Bauernstube, mit blauweißen Kacheln an den Wänden und vielen kleinen Fenstern, durch die man über die grünen Wiesen bis zum Deich sehen konnte. Wenn man sich anstrengte, konnte man ganz in der Ferne sogar die Spitze des rotweißen Leuchtturms von Törnum erkennen.

„Schularbeiten im Sommer müßten sowieso verboten werden."

Peggy schob angewidert ihr Erdkundebuch zur Seite. „Die Lehrer sind einfach unmenschlich. Da sitzt man über einer Klimakarte von Alaska, während draußen der herrlichste Sommertag ist."

„In Alaska fischen die Bären Lachse." Molle sah von ihrem Buch hoch. „Das möchte ich gern mal sehen."

„Man kann da Kanus mieten und damit die Wildbäche hinunterfahren, durch Klippen und Stromschnellen. Nicht ganz ungefährlich. Aber bestimmt toll", erklärte Dany schwärmerisch. „Meine Eltern haben das mal gemacht, als wir noch klein waren."

Bimbo stand auf und reckte sich. „Man kann überhaupt unheimlich viel tun, wenn man nicht in der Stube hockt und büffelt", sagte sie. „Ich hab erst mal die Nase voll. Ich geh rüber in Daddys Praxis."

„Was willst du denn da?" Molle machte einen kleinen Strich an der Stelle im Vokabelheft, an der sie gerade angelangt war.

„Ich muß mit Daddy was bereden." Bimbo tat geheimnisvoll.

„Du bist blöd", schimpfte Molle. „Wieso erzählst du nicht, was los ist?"

Bimbo setzte sich wieder. „Wenn ihr es genau wissen wollt: Mami hat gesagt, wegen dem Pferderennen soll ich erst Daddy um Erlaubnis fragen."

„Echt?" Dany starrte sie an. „Das ist ja ganz was Neues."

Bimbo nickte. „Angeblich soll das Rennen ziemlich gefährlich sein. Ein Hindernisrennen."

In diesem Augenblick flog die Tür auf. Ben erschien, im Arm trug er Sybille, die Schildkröte. „Schaut mal!" rief er. „Sibylle hat sich wehgetan!"

„Wo?" Sofort sprangen alle Kinder auf und rannten zu Ben. Sibylle, eine weise alte Schildkröte, die im Sommer ihre Zeit in dem Gemüsegarten hinter der Küche damit verbrachte, die jungen zarten Möhren aus dem weichen Erdboden zu graben, hatte den Kopf eingezogen. Aber ihre Beine lugten unter dem Panzer vor. Dünne, runzelige graubraune Beine. „Hier!" Ben zeigte auf den linken Vorderfuß. Der war ganz rot.

„Sie hat sich geschnitten!" rief Peggy entsetzt.

„Da müssen irgendwo Glasscherben herumliegen. Wer macht denn so einen Blödsinn!"

„Wir müssen sofort zu Daddy!" Peggy nahm Ben die Schildkröte vorsichtig ab. Sie hielt sie ausgestreckt von sich, damit das Blut nicht an ihr frisches T-Shirt kam.

Molle drängte sich vor. „Zeig mal her", sagte sie.

„Wenn du unbedingt willst." Peggy hielt ihr das Tier hin.

Molle nahm die Schildkröte vorsichtig an ihrem Panzer und trug sie zum Fenster. Ben rannte hinter ihr her. „Nicht verraten!" flehte er. „Bitte, Molle! Verrat mich nicht!"

Molle hatte sofort gesehen, was los war: Ben hatte einen der Füße mit Ketchup beschmiert. Er wollte den Erfolg, den er beim Mittagessen hatte, noch einmal erleben.

Molle zwinkerte ihm zu. „Meine Lippen sind versiegelt!" flüsterte sie. Dann ging Molle zu den anderen zurück. „Sieht wirklich schlimm aus", meinte sie. „Hoffentlich steckt die Scherbe nicht noch im Fuß. Du wolltest doch sowieso zu Daddy gehen, Bimbo." Sie drückte Bimbo die

Schildkröte wieder in die Hand. „Da hast du gleich einen guten Grund."

„Kann ich mitkommen?" schrie Ben. Er rannte hinter Bimbo her.

„Klar, Kleiner." Sie lächelte ihm zu. „Du willst ja sicher sehen, wie mein Daddy die Schildkröte wieder gesund macht."

Ben machte kugelrunde Augen und nickte. Er war ganz ernst. Molle schaute ihn fasziniert an. „Das ist aber ein guter Schauspieler", dachte sie.

Peggy und Dany hatten überhaupt keinen Verdacht. Sie tauschten Vermutungen aus, wie Sibylle sich verletzt haben könnte.

Bimbo trug Sibylle am ausgestreckten Arm vor sich her. Die Schildkröte hatte sich tief in ihren Panzer zurückgezogen. Molle fragte sich, ob ihr der Geruch von Ketchup wohl unangenehm war. Begeistert schien sie jedenfalls nicht. Sonst hätte sie ihren Fuß längst abgeleckt...

„Daddy", rief Bimbo, als die Kinder in die Praxis stürmten. „Sibylle blutet! Sie hat sich verletzt!"

Dr. Brendel saß vor einem Mikroskop und schob kleine Blättchen mit Hautproben auf dem Glastisch hin und her.

„Setzt sie auf den Tisch", murmelte er. „Ich kümmer' mich gleich drum." Er notierte etwas in einer Karte, dann knipste er die Beleuchtung aus und drehte sich auf seinem Stuhl zu den Kindern um. „Also", sagte er, „Sibylle blutet? Seit wann haben Schildkröten denn so viel Blut? Zeig mal her."

Er rollte mit dem Stuhl zum Behandlungstisch rüber. Bimbo setzte die Schildkröte vorsichtig ab. Kaum hatte Sibylle festen Boden unter den Füßen, versuchte sie zu fliehen. Auf dem Tisch hinterließ sie eine rote Spur. Dr. Brendel beugte sich über das Tier. Er berührte den angeblich kranken Fuß. Er zögerte einen Augenblick, dann schaute er Bimbo argwöhnisch an. „War das deine Idee?" fragte er.

„Was ist denn los?“ fragte Dany an Bimbos Stelle.

Dr. Brendel lehnte sich auf seinem Stuhl zurück. Er verschränkte die Arme vor der Brust und schaute die Kinder nacheinander an. Alle machten unschuldige, ernste Gesichter, bis auf Molle, die das Lachen nicht mehr unterdrücken konnte. Obwohl Ben unentwegt seine kleinen Fäuste in ihren Bauch hämmerte, konnte sie sich einfach nicht mehr beherrschen. Plötzlich prustete sie los: „Es war Bens Idee!“

Bimbo starrte Molle an. „Ich kapier überhaupt nichts“, sagte sie.

„Ich auch nicht.“ Wie aus einem Mund kamen die Worte von Dany und Peggy. „Was ist denn überhaupt los?“

Dr. Brendel lächelte. „Fräulein Sibylle ist mit dem rechten Fuß wohl in einen Ketchuptopf gekommen.“ Er fuhr mit dem Finger durch die rote Spur und hielt ihn Peggy unter die Nase. „Hier riech mal.“

Peggy fuhr beleidigt zurück. „So ein Blödsinn“, schimpfte sie. Sie drehte sich zu Ben um, der sich hinter Molles Rücken versteckte. „Was soll denn diese Idee, Ben?“

Molle stellte sich schützend vor den Kleinen. Sie lachte so, daß ihr die Tränen kamen. „Wieso? Es hat doch wunderbar geklappt! Ich finde die Idee gar nicht so dumm. Ihr seid jedenfalls total darauf reingefallen.“

Bimbo wurde rot. Sie warf Dany, der verlegen auf seine Fußspitzen schaute, einen flüchtigen Blick zu. Dann preßte sie die Lippen zusammen.

„Ich glaube, heute ist nicht mein Tag“, erklärte sie, warf den Kopf in den Nacken und stolzierte aus dem Sprechzimmer.

Dr. Brendel riß ein Stück von der Zellstoffrolle ab und hielt es Ben hin. „Komm, mach das mal wieder sauber, ja? Ich glaube, Schildkröten finden Ketchup echt gräßlich.“

Ben rannte eilfertig um den Tisch herum. „Wenn ich groß bin“, sagte er, während er Sibylles Fuß reinigte, „werd’ ich auch Tierdoktor. Genau wie du.“

„Toll.“ Dr. Brendel legte ihm die Hand auf den Kopf. „Dann kannst du eines Tages mein Nachfolger auf dem Süderhof werden. Ich seh schon das Schild am Hoftor: „Dr. Benjamin Brendel, Tierarzt.“

Ben putzte eifrig den Praxistisch. Er strahlte. Ja, so ein Tierarzt zu werden wie sein Onkel, das wäre toll...

5. Kapitel

Peggy entdeckte Bimbo im Pferdestall. Sie hatte ihre Arme um Klärchens Hals geschlungen und preßte ihr Gesicht in das weiche, dampfende Fell.

„He, du." Peggy berührte Bimbo vorsichtig an der Schulter. „Haben wir dich irgendwie beleidigt?"

Bimbo schüttelte den Kopf. Sie wollte nur in Ruhe gelassen werden.

Aber Peggy ging nicht weg. Sie strich mit ihren Fingern wie ein Kamm durch die Mähne des Ponys. „Irgendwas ist los mit dir", sagte sie. „Ich weiß bloß nicht was."

Bimbos einzige Antwort war ein kleiner, verzweifelter Schluchzer.

„Du bist den ganzen Nachmittag schon so komisch", forschte Peggy weiter.

„Weiß ich selber", murmelte Bimbo, ohne den Kopf zu wenden.

„Immer wenn wir lachen, denkst du, es ist gegen dich."

„War es ja auch."

„Unsinn! Jetzt dreh dich endlich mal zu mir um!" Energisch umfaßte Peggy Bimbos Schultern. Bimbo klammerte sich an den Ponyhals, aber Peggy war stärker. Als sie sich umdrehte, senkte sie sofort den Kopf.

„Du hast ja geweint!" rief Peggy fassungslos. Es war das erste Mal, daß sie bei Bimbo Tränen entdeckte. „Und ich dachte, du kannst überhaupt nicht weinen!"

Bimbo wischte mit dem Handrücken die Tränen weg. „Und wieso soll ich nicht weinen können?"

„Weil du doch immer so fröhlich bist. Und alles total auf die leichte Schulter nimmst. Ich dachte, so was wie Kummer gibt's bei dir gar nicht."

„Hast du mal ein Taschentuch?" Bimbo streckte kläglich ihre Hand aus. Es war ihr peinlich, daß ihre Cousine sie so sah. Aber nun konnte man es nicht mehr ändern.

„Hier.“ Peggy drückte ihrer Cousine ein Papiertaschentuch in die Hand.

Bimbo schneuzte sich ausgiebig.

„Wenn du findest, daß wir uns irgendwie zu sehr in euer Leben einmischen“, fuhr Peggy vorsichtig fort, „dann mußt du das sagen.“

„Quatsch.“ Bimbo schneuzte sich noch einmal.

„Oder wenn wir dir auf die Nerven gehen. Dany, Ben und ich.“

„Tut ihr doch gar nicht.“

„Aber irgend etwas ist los! Ich spür das doch. Und ich glaub, ich weiß auch, woran das liegt.“

„So?“ Bimbo sah Peggy an.

„Ja. Weil jetzt auf einmal fünf Kinder da sind. Und alles, was früher durch zwei geteilt wurde, wird jetzt durch fünf geteilt. Das ist es. Und manchmal verwöhnen deine Eltern uns sogar ein bißchen mehr als euch. Das merke ich schon.“

„Hab ich überhaupt nicht gemerkt“, widersprach Bimbo.

Klärchen wandte den Kopf und schnaubte zärtlich über Peggys Haare. Ganz gerührt nahm Peggy Klärchens Kopf zwischen die Hände und legte ihr Gesicht an die weichen, warmen Nüstern. Das war so ein schönes, angenehmes Gefühl... früher hatte sie sich nie vorstellen können, daß sie ein Pferd einmal so liebgewinnen könnte. Früher hatte sie sogar Angst vor Pferden gehabt.

Zufällig schnappte sie einen Blick von Bimbo auf. Sofort ließ sie das Pony los. „Und das gefällt dir auch nicht.“

„Was?“ fragte Bimbo trotzig.

„Daß Klärchen und ich uns so gut verstehen. Du bist eifersüchtig, glaube ich. Du denkst, ich will dir etwas wegnehmen.“

Bimbo bekam ein ganz heißes Gesicht. „Das ist nicht wahr!“ rief sie. „Das bildest du dir bloß ein!“

Peggy sagte nichts. Sie ging aus der Box und setzte sich im Gang auf die Haferkiste.

Nach einer Weile erschien Bimbo. Sie schob den Riegel vor Klärchens Boxentür und ging langsam auf Peggy zu.

„Kann ich?“ Sie schwang sich neben Peggy auf die Haferkiste. Beide saßen stumm nebeneinander. Plötzlich schlang Bimbo ihre Arme um Peggy. „Ich mach das wieder gut“, flüsterte sie. „Alles.“

„Du mußt überhaupt nichts wieder gutmachen“, antwortete Peggy verlegen.

„Doch.“ Bimbo legte Peggy den Arm um die Schulter. „Es stimmt schon. Ich bin unheimlich eifersüchtig, daß du mit Klärchen so gut zurechtkommst. Ich wollte immer die Beste sein, beim Reiten. Dabei hab ich ja gemerkt, daß du ein Naturtalent bist. Daddy hat ganz recht. Er hat mir mal gesagt, du könntest einmal eine tolle Reiterin werden.“

„Ich?“ Peggy wurde vor Freude ganz rot. „Hat er das wirklich gesagt?“

Bimbo nickte. „Du kannst unheimlich toll mit Pferden umgehen. Das merke ich ja.“ Sie lächelte tapfer. „Ich werd von jetzt an auch nicht mehr so blöd sein und dir verbieten, mit Klärchen zu trainieren. Das war echt gemein von mir.“

„Ach“, sagte Peggy achselzuckend. „Ich hab es nicht so empfunden. Schließlich ist es dein Pony. Es war nicht schlimm.“

„Doch! Es war schlimm.“ Bimbo fühlte sich plötzlich in der Stimmung, alle Schuld auf sich zu nehmen. „Ich hab mich manchmal total egoistisch benommen. Molle hat ganz recht. Aber ab sofort wird das anders.“ Sie lehnte ihren Kopf an Peggys Schulter. „Ich möchte ja so gerne, daß du nicht bloß meine Cousine bist, sondern auch meine beste Freundin.“

Peggy hielt ganz still. Vor Verlegenheit und Freude wußte sie nicht, was sie sagen sollte.

Eine Weile war es ganz ruhig. Sie hörten nur das gleichmäßige Schnaufen der Pferde und das Rascheln des Strohs.

In die Stille hinein sagte Bimbo plötzlich.

„Ich hab eine Idee!“

„Was?“

Bimbo strahlte Peggy an. „Du sollst Klärchen auf dem Turnier reiten: Und du mußt gewinnen. Dafür werde ich sorgen. Wir werden alle anderen Pferde überholen! Wir werden gewinnen! Ich weiß es!“ Lachend fiel sie der verdutzten Peggy in die Arme.

Arm in Arm kamen Peggy und Bimbo aus dem Pferdestall. Als sie gerade den Hof überquerten, kam ihnen Dany entgegen. Verwundert blieb er stehen. „Was ist denn jetzt los? Ist die große Liebe zwischen euch ausgebrochen?“

Peggy strahlte. „Du hast es erfaßt, mein kluger Bruder. Die große Liebe.“

„Peggy und ich haben eine super Idee ausgebrütet.“ Bimbo lachte glücklich. „Echt. Eine super Idee.“

„Darf man erfahren, worum es geht?“

„Sollen wir es ihm sagen?“ Fragend schaute Bimbo ihre Cousine an.

„Klar. Wir können schließlich kein Geheimnis draus machen.“ Peggy holte tief Luft. „Bimbo will, daß ich Klärchen auf dem Turnier reite.“

Dany wich einen Schritt zurück. „Nein!“

„Wieso nein? Traust du mir das etwa nicht zu?“ fragte Peggy herausfordernd. „Denkst du, ich bin zu blöd?“

Dany schüttelte den Kopf. „Zu blöd nicht. Aber ich dachte, vielleicht zu ängstlich.“

„So ein Quatsch!“ Entrüstet tippte Bimbo sich an die Stirn. „All das Gerede, von wegen gefährlich und so, ist doch alles übertrieben. Das Rennen soll doch eine Attraktion für die Urlauber sein, und das sind doch alles Familien, die kommen mit ihren kleinen Kindern zum Zuschauen. Die wollen doch etwas Schönes sehen und kein Gemetzel.“

„Bei dem Wort Gemetzel läuft es mir kalt den Rücken runter.“ Dany blickte kopfschüttelnd von Bimbo zu seiner Schwester. „Ich glaube nicht, daß Tante Sonia und Onkel Günter das erlauben.“

„Und wieso sollten meine Eltern das nicht erlauben? Es ist doch kein Unterschied, ob ich reite oder Peggy!"

Dany überlegte. „Doch", sagte er nachdenklich. „Es ist doch ein Unterschied. Jeder weiß, wie toll du reiten kannst, Bimbo. Und wie genau du dein Pferd kennst."

„Peggy ist eine viel bessere Reiterin als ich! Hat Daddy selber gesagt! Sie ist ein Naturtalent!"

„Aber sie hat nicht so viel Erfahrung wie du."

Bimbo hob verächtlich die Schultern. „Das kann man nachholen. Wir werden eben wie die Verrückten trainieren. Außerdem geht es ja nicht um Dressur, sondern einfach nur darum, im Sattel sitzen zu bleiben. Hast du schon mal gesehen, daß Peggy vom Pferd gefallen ist?"

Dany schüttelte den Kopf.

„Na also!" Triumphierend schaute Bimbo ihn an.

„Trotzdem..." Dany ging mit nachdenklich gefurchter Stirn neben den beiden auf das Bauernhaus zu. „Irgendwie haben deine Eltern ja die Verantwortung für uns, ich meine für Peggy, Ben und mich. Und das ist noch etwas anderes, als wenn man die Verantwortung für die eigenen Kinder hat."

„Kapier ich nicht."

Peggy legte Bimbo einen Arm um die Schulter. „Ich glaub, ich weiß, was Dany meint: Deine Eltern machen sich um uns noch ein bißchen mehr Sorgen als um euch. Das spürt man. Wirklich."

„Wirklich?" Bimbo lächelte amüsiert. „Das hab ich noch nicht bemerkt. Ich finde, Mami macht sich überhaupt zu viel Sorgen, daß sie irgend etwas falsch macht in der Erziehung ihrer Kinder. Aber das ist etwas anderes." Sie grinste. „Das liegt nur daran, daß sie im Grunde von Erziehung wahrscheinlich keine Ahnung hat." Sie schaute zu dem Dachfenster hinauf. Wenn man sich anstrengte, konnte man Samsons Umrisse hinter der Scheibe erkennen. Die Mutter saß also wieder an ihrem Schreibtisch.

„Aber vielleicht hat Dany recht", meinte Bimbo nachdenklich. „Vielleicht ist es besser, wir behalten das für uns. Sollen Daddy und Mami vorläufig denken, ich nehm an dem Rennen teil."

„Eine heikle Sache." Dany wiegte den Kopf. „Man müßte ja lügen, wenn man gefragt würde."

Bimbo lachte unbekümmert. „Wetten, daß du überhaupt nicht gefragt wirst, Dany? Die Eltern gehen doch ganz automatisch davon aus, daß ich Klärchen auf dem Rennen reite. „Aber", ihr fiel plötzlich das Gespräch mit ihrer Mutter wieder ein, „es ist vielleicht besser, wir schneiden das Thema überhaupt nicht an." Sie schaute auf die Uhr. „Bis um fünf Uhr ist der Bürgermeister in seinem Büro. Sollen wir den Bus nehmen oder mit den Fahrrädern rüberradeln?"

Peggy warf einen prüfenden Blick in den Himmel. „Noch einmal so ein Gewitter wie heute mittag möcht ich nicht erleben."

„Ich auch nicht. Laß uns lieber den Bus nehmen."

„Okay. Weißt du, wo Molle ist, Dany?"

Dany nickte. „Drüben bei Oma Brendel. Sie hilft beim Gardinenaufhängen."

Bimbo fuhr sich mit gespielter Verzweiflung durch ihre lockigen Haare.

„Himmel! Schon wieder diese Hilfsbereitschaft! Das halte ich einfach nicht aus. Ich glaube, Molle will ins Guiness-Buch der Rekorde aufgenommen werden."

„Sei nicht ungerecht", sagte Dany ruhig. „Ich finde es unheimlich toll, wie sehr Molle sich um die Großeltern kümmert."

Bimbo lief rot an. Verstohlen drückte Peggy ihre Hand. „Du bist okay, Bimbo", flüsterte sie. „Total okay."

Bimbo lächelte schüchtern. „Danke", sagte sie leise. Sie war froh, daß Dany sie nicht mehr hören konnte, er war schon vorausgelaufen.

6. Kapitel

„Vorsichtig, die Leiter ist wackelig!“ Ängstlich stand Oma Brendel am Fuß der Leiter und schaute zu Molle hoch, die mit einem Berg bauschiger Tüllgardinen auf der obersten Sprosse stand und versuchte, die kleinen Häkchen in die Gardinenschiene einzufädeln.

„Wenn du unten festhältst, Omi, kann nichts passieren“, erklärte Molle ungerührt. Sie verrenkte sich zwar fast den Hals bei der Arbeit, aber ihre Laune war glänzend. Molle fühlte sich immer wohl, wenn sie jemand einen Gefallen tun konnte. Es machte sie irgendwie glücklich. Deshalb fand sie auch gar nicht, daß Hilfsbereitschaft so etwas Besonderes war.

„Wenn ich dich nicht hätte, Molle“, seufzte Oma Brendel. „Auf die anderen ist ja überhaupt kein Verlaß.“

In diesem Augenblick klingelte es an der Haustür.

„Ausgerechnet jetzt!“ rief die Oma. „Komm, steig so lange runter.“

„Nein, nein, es geht schon. Mach nur auf.“

Vorsichtig ließ Oma Brendel die Leiter los.

„Hereinspaziert!“ kreische der Papagei. „Was willst du, du alter Knacker? Niemand zu Hause! Gib Küßchen! Aber ein bißchen dalli!“

James Bond, der Papagei, von dem niemand wußte, wie alt er schon war, hüpfte auf seiner Schaukel hin und her, kreischte und reckte den Kopf, um zur Haustür zu gucken.

„Halt den Schnabel, James Bond“, sagte Molle streng. „Was sollen die Besucher denken, wenn du so viel Unsinn redest.“

„Ich bin ein kluges Kerlchen! Gib Küßchen! Hereinspaziert! Was willst du alter Knacker?“ kreischte James Bond unbeeindruckt von neuem. Er schlug mit den Flügeln und hackte begeistert in das runde Holz, auf dem er seine täglichen Turnübungen machte.

Oma Brendel kam zurück. Wütend ging sie auf den Papagei zu. „Wehe, du machst das noch mal!“ Sie drohte ihm mit dem Finger. „Dann kriegst du Ärger mit mir.“

„Was war denn los?“

„Ach, dieser freche Kerl, dieser Papagei hat mal wieder das Klingelzeichen nachgeäfft. Ich weiß wirklich nicht, wie ich ihm das abgewöhnen soll. Hundertmal am Tag laufe ich umsonst an die Haustür. Er macht wirklich einen Narren aus mir.“

Molle lachte so, daß sie beinahe von der Leiter gefallen wäre. „Ich hab diesmal auch gedacht, es hat wirklich geklingelt.“

„Alles hört auf mein Kommando!“ kreischte James Bond. „Mann über Bord!“

„Wenn du nicht gleich still bist!“ rief Oma Brendel, „dann sperr ich dich in die Besenkammer.“

James Bond lachte. Und wenn er lachte, klang es genau wie das Lachen von Molles Mutter. James Bond war wirklich begabt. Er konnte nicht nur Stimmen nachmachen, sondern alle möglichen Geräusche, zum Beispiel das Klingeln eines Telefons. Deshalb hatten Molles Eltern den Papagei schließlich zu Oma Brendel gegeben. Denn in einem Tierarzthaushalt, wo sowieso ständig das Telefon klingelt, kann man nicht noch hundertmal umsonst zum Telefon rennen, nur damit der Papagei seinen Spaß hat...

„Noch drei Röllchen“, rief Molle von oben. „Dann bin ich fertig.“

„Ach, wie schön, mein Mädchen. Herrlich, so frische Gardinen.“

„Schön!“ kreischte James Bond. „Oh, wie ist das schön.“

Er ließ die beiden nicht aus den Augen. Mit schiefgelegtem Kopf blickte er sie aufmerksam aus seinen scharfen grünen Augen an.

„Fertig.“ Aufatmend kletterte Molle hinunter.

Sie klappten die Leiter zusammen und trugen sie gemeinsam in die Küche.

Als sie zurückkamen, um das Werk zu besichtigen, segelte James Bond mit ausgebreiteten Flügeln durch das Wohnzimmer, genau auf die zarten frischgewaschenen Tüllgardinen zu.

„Nein! O nein! Nein", rief Oma Brendel entsetzt.

James Bond, der gerade an den Gardinen landen wollte, bog noch einmal ab und flog über ihre Köpfe hinweg.

„Oh, wie ist das schön!" rief er.

Er flog an der Hängelampe über dem Eßtisch vorbei und schwebte über dem Kopf von Opa Brendel, der auf dem Sofa unter einer Zeitung verborgen seinen Mittagsschlaf hielt. Opa Brendel war schwerhörig. Das war sein Glück. So bekam er von den meisten Katastrophen, die täglich auf dem Süderhof passierten, kaum etwas mit.

„James Bond, hör auf mit dem Quatsch", rief Molle streng. Sie versuchte, den Vogel zu fangen. Aber der wich ihr in der letzten Sekunde aus. Diesmal hatte er sich jedoch in der Höhe verrechnet. Mit dem Schnabel spießte er die Zeitung auf und flog im Blindflug weiter durch das Zimmer.

Oma Brendel preßte die Hände vor das Gesicht. „Ich werde noch verrückt", rief sie verzweifelt. „In diesem Haus werd ich noch einmal verrückt."

Als er die Zeitung nicht mehr auf seinem Gesicht spürte, wachte Opa Brendel auf. Er rieb sich die Augen, hob den Kopf und sah sich lächelnd im Wohnzimmer um.

„Schön haben wir's hier", murmelte er glücklich und fiel im gleichen Augenblick wieder in einen tiefen Schlaf.

James Bond, den das Rascheln der Zeitung offenbar erschreckt hatte, landete auf dem Teppich. Er versuchte, seinen Kopf, der die Zeitung durchbohrt hatte, zu befreien. Er kreischte wütend.

„Komm her", sagte Molle sanft, „ich helf dir. Sei doch nicht so stur."

James Bond hielt ganz still, zitterte aber vor Aufregung. Behutsam befreite Molle das Tier und streichelte sein Gefieder. „Alles in Ordnung, James Bond?" fragte sie freundlich.

James Bond hüpfte an ihrem Arm empor, bis hinauf zur Schulter. Dann kuschelte er sein Köpfchen in ihre Halsmulde. „Gib Küßchen!" zwitscherte er jetzt ganz leise und zärtlich. „Ich bin ein kluges Kerlchen."

Molle lachte. „Dir kann man wirklich nicht böse sein", sagte sie.

„Bitte, tu mir einen Gefallen und sperr ihn in sein Vogelbauer.“ Oma Brendel band ihre Schürze ab und legte sie sorgfältig zusammen. „Ich glaube, ich habe mir jetzt auch ein kleines Nickerchen verdient. Und was machst du, Molle?“

Molle hob die Schultern. „Keine Ahnung. Am liebsten würd ich mich in mein Zimmer verkriechen und ein bißchen Musik hören oder lesen oder mit der Schildkröte über das Leben nachdenken. Aber wie ich unseren Betrieb kenne, wird sowieso wieder nichts draus.“

Womit Molle natürlich recht hatte...

Braderup war noch vor ein paar Jahren ein kleines, unbekanntes Fischerdorf an der Schleswig-Holsteinischen Nordseeküste gewesen. Aber heute sah es so aus wie alle Küstenorte, die einen schönen Strand haben: Im Sommer gab es hier ungefähr hundert Mal so viel Feriengäste wie Einwohner. In jedem Haus wird jedes freie Zimmer an Kurgäste vermietet. Wer von den Besuchern am Strand spazierengehen will oder baden oder sich sonnen, muß allerdings erst einmal Kurtaxe bezahlen. Dafür hält die Kurverwaltung alles in Ordnung. Sie möchte schließlich, daß noch mehr Urlauber kommen, denn mit dem Tourismus kann man viel Geld verdienen.

Jens Feddersen, seit zwei Jahren Bürgermeister von Braderup, hatte eine Schwimmhalle bauen lassen, damit die Feriengäste auch bei schlechtem Wetter baden konnten. Auch ein Golfplatz wurde angelegt. Einen Minigolfplatz gab es immer schon, aber für den interessierten sich nur noch wenig Gäste. Zwei neue Hotels waren entstanden, direkt hinter dem Deich, so daß die Hotelgäste von ihrem Balkon aus immer auf das Meer schauen konnten, und auf die Strandburgen und die Möwen, die den Fischkuttern in Schwärmen aufs Meer hinaus folgen.

Jens Feddersen wußte, daß man die Urlauber mit immer neuen Attraktionen unterhalten muß. Urlauber dürfen sich nicht langweilen, war seine Devise. Und deshalb hatte er die Idee mit dem Pferderennen am Strand. Natürlich müßten alle Besucher Eintritt bezahlen, und dieses Geld würde man für den Bau einer Strandpromenade verwenden.

Der Linienbus hielt genau vor dem Rathaus von Braderup. Ein roter Backsteinbau, dreigeschossig, ganz modern. Links war die Post, rechts die Raiffeisenkasse, und im ersten Stock hatte der Bürgermeister sein Büro.

Etwas beklommen stiegen die Kinder die Treppe hinauf. An einer Glastür stand „Bürgermeister: Anmeldung."

„Hier müssen wir klopfen", flüsterte Dany. Er schaute sich nach Bimbo um. „Gehst du alleine rein?"

„Wieso denn?" zischte Bimbo. „Wir machen das natürlich alle zusammen!"

Molle bückte sich, um Bens Latzhosenträger hochzuschieben. Dann putzte sie Bens Nase. „Findest du nicht, daß es ein bißchen lächerlich ist, wenn wir alle zusammen reingehen?" fragte sie.

Peggy stellte sich sofort neben Bimbo. „Ich geh auf alle Fälle mit Bimbo."

In diesem Augenblick flog die Tür auf und ein kleiner obeiniger Mann, der Jeans und Cowboystiefel trug und einen Cowboyhut in der Hand hielt, kam heraus. Er prallte beinahe mit Dany zusammen.

„Hey!" rief er gereizt, als er die Kinder bemerkte. „Ist das hier ein Kindergarten oder was?"

Als seine Augen auf Molle fielen, veränderte sich sein Gesichtsausdruck.

„Ah, die junge Lady von der Bushaltestelle", sagte er. „Das ist aber eine kleine Welt, was?"

Molle lachte. Sie wurde rot, als sie sah, daß die anderen sie überrascht musterten. Sie hatte ja von ihrer Bekanntschaft mit dem Typ nichts erzählt. „Hier rennt man sich immerzu über den Weg", erwiderte sie. „Das ist einfach so. Daran muß man sich gewöhnen."

„Merk ich gerade." Er deutete auf die Glastür, die hinter

ihm wieder zugefallen war. „Wollt ihr etwa alle zum Bürgermeister?"

Molle nickte.

„Dann viel Spaß." Der Mann verzog sein Gesicht. „Ich hab das Gefühl, der hat heute schlechte Laune. Ich wollte im anbieten, mit zwölf von meinen Rennpferden zu kommen, aber er hat abgelehnt. So ein Wahnsinn! Der müßte als Bürgermeister abgesetzt werden."

Bimbo starrte ihn an. „Wollen Sie damit sagen, daß sie zwölf Rennpferde haben?"

Der Typ setzte den Cowboyhut auf und zog das Band unter dem Kinn straff. „Kleine Lady, ich habe drei Dutzend Rennpferde."

„Wahnsinn." Bimbo riß die Augen auf. „Drei Dutzend. Das sind ja..."

„...sechsunddreißig Stück", vollendete Dany den Satz. „Da müssen Sie ja einen richtigen großen Rennstall haben."

„Stimmt exakt. In Rennkreisen kennt man mich. Ohne Bob Andersen geht da gar nichts. Das weiß jeder. Bloß dieser blöde Bürgermeister will das nicht kapieren. Man merkt, der hat keine Ahnung. Der denkt, er muß nur ein Inserat in die Zeitung setzen: Pferderennen in Braderup, und schon kommen die Pferdetransporter aus allen Teilen von Deutschland hier angerollt. Ha!" – er schlug sich gegen die Stirn. „Kein Mensch wird kommen, wenn das nicht professionell gemacht wird! Kein Mensch."

„Doch", sagte Bimbo leise. „Ich kenne einen."

„Du?" Überrascht sah der Cowboy sie an. „Wen willst du denn von den Pferdejockeys kennen?"

Bimbo schluckte. Sie warf trotzig den Kopf zurück. „Ich habe auch ein Pferd, das ist schnell wie der Wind. Das hat schon viele Wettrennen mit anderen Pferden gewonnen."

Der Cowboy schaute Bimbo an. Dann lachte er. „Das waren wohl Kinderrennen was? Blumenpflücken während des Rennens erlaubt. So ähnlich, wie?"

Bimbo bekam einen heißen Kopf. Er hatte ja recht. In Wirklichkeit hatte Klärchen noch nie an einem richtigen Rennen teilgenommen. Wenn sie ganz ehrlich war, kannte sie nicht einmal die Regeln eines Pferderennens. Aber das ging diesen Typen schließlich nichts an.

„Mein Pony hat zu einem Viertel Araberblut“, sagte sie trotzig. „Die Großmutter war ein arabisches Vollblut.“

„Ah, ein Pony! Du willst mit einem Pony an dem Rennen teilnehmen?“ Der Cowboy wandte sich an Molle. „Das soll ein Witz sein, oder? Diese Freundin von dir scheint eine komische Nummer zu sein.“

„Diese Freundin ist meine Schwester“, erwiderte Molle wütend. „Und jetzt lassen Sie uns bitte durch. Unser Bus geht nämlich in einer halben Stunde zurück.“

Ben, der den Mann die ganze Zeit mit großen Augen betrachtet hatte, fragte mit kleiner Stimme: „Ist das ein echter Cowboyhut?“

„Klar“, antwortete der Mann.

„Kommt der richtig aus dem Wilden Westen?“

Der Mann mußte unwillkürlich lachen. „Wenn du mit dem Wilden Westen Amerika meinst, dann hast du recht. Der Hut kommt direkt aus Texas.“

„So einen will ich auch haben, wenn ich groß bin“, krähte Ben begeistert.

Der Mann grinste. Er warf einen Blick in die Runde. „Okay“, sagte er, „wenn diese junge Lady es schafft, mit einem Pony an dem Rennen teilzunehmen, und wenn sie sogar noch über die Ziellinie kommt, dann schenk ich dir den Hut.“

Bens Gesicht leuchtete. Er zerrte an Molles Hand. „Hast du gehört?“ rief er. „Hast du gehört?“

Molle nickte. Sie warf dem Mann einen wütenden Blick zu. „Sie sollten aufhören, kleinen Jungen etwas zu versprechen, was Sie sowieso nicht halten!“ Dann nahm sie Bens Hand und ging entschlossen auf die Glastür zu. „Kommt!“ rief sie den anderen zu. „Wir müssen uns beeilen.“

Bimbo, Peggy und Dany folgten widerspruchslos.

Das Zimmer, das sie betraten, war menschenleer. Auf einem Schreibtisch, einem Modell aus hellem Holz, standen eine Schreibmaschine, eine Blumenvase, ein Aschenbecher und eine geöffnete Handtasche. Neben dem Fenster befand sich ein Aktenschrank, und vom Fensterbrett leuchteten eine Reihe von buntbemalten Keramiktöpfen, in denen kümmerliche Geranien blühten. Von dem Büroraum führte eine Tür in ein weiteres Zimmer, aus dem die Kinder laute Stimmen hörten.

Molle sah sich unsicher zu den anderen um. „Ob der Bürgermeister da drin ist?"

Dany trat beherzt vor. „Wir gehen einfach rein."

„Erst anklopfen!" rief Peggy erschrocken. „Du kannst doch nicht einfach da hineinplatzen."

Dany klopfte. Einmal, zweimal. Er wartete.

Plötzlich wurde die Tür aufgerissen, und eine ältere Frau, die einen Stapel Akten unter dem Arm trug, rief entrüstet: „Was fällt euch ein? Ihr könnt doch hier nicht einfach so hereinstürzen."

„Wollten wir ja auch nicht", erwiderte Dany kleinlaut. Die Frau flößte ganz automatisch Respekt ein. Sie war so groß und so dick, und sie hatte ihre grauen Haare ganz streng im Nacken zu einem Knoten gesteckt. „Wir haben ja angeklopft."

„Das hat man aber nicht gehört." Die Frau schob die Kinder vor sich her und schloß die Tür zum Nebenzimmer. „Der Bürgermeister hat zu tun", erklärte sie bestimmt.

„Aber wir müssen ihn unbedingt sprechen. Es ist wichtig", meinte Bimbo. „Es dauert auch bestimmt gar nicht lange."

Die Frau sortierte die Akten ein, ohne sich um Bimbo im geringsten zu kümmern. „Wir haben keine Sprechstunden für Kinder", sagte sie ablehnend.

Dany räusperte sich. „Ich bin fünfzehn, meine Cousine Beatrice Brendel ist ebenfalls fünfzehn. Meine Schwester Peggy und meine Cousine Manuela sind vierzehn..."

„...und ich bin vier!" rief Ben triumphierend. „Und ich kann schon eine Schleife binden!"

„Pssst!"" Molle hielt Ben den Mund zu, aber er machte sich energisch los. Er lief auf die Frau zu. „Ich habe ein Schäfchen", erzählte er eifrig. „Das heißt Rosi. Hast du auch ein Tier?"

Zum ersten Mal lächelte die Frau. Sie schaute Ben freundlich an.

„Ich hab ein Aquarium", erzählte sie, „mit tropischen Fischen."

Ben verzog sein Gesicht. Unter einem Aquarium mit tropischen Fischen konnte er sich nichts vorstellen. Aber Bimbo merkte, daß dies eine Chance war.

„Dann kennen Sie vielleicht meinen Vater, er ist der Tierarzt vom Süderhof."

„Dr. Brendel?" Das Gesicht der Frau leuchtete auf. „Und ob ich den kenne! Der hat doch den Jagdhund vom

Bürgermeister operiert! Im letzten Jahr. Du lieber Himmel, wenn ich daran noch denke. Das Leben von Hasso hat an einem seidenen Faden gehangen. Dr. Brendel mußte jeden Tag kommen und ihm eine Spritze geben."

„Und ist er wieder gesund geworden?" fragte Dany leutselig.

Die Frau nickte. „Aber hundertprozentig. Er ist schon wieder bei jeder Jagd dabei."

Das Eis war gebrochen. Die Frau setzte sich auf ihren Stuhl, legte die Hände auf den Schreibtisch und schaute die Kinder plötzlich ganz freundlich an. „Ihr seid also die Bande vom Süderhof?" meinte sie lächelnd. „Von euch hab ich schon gehört."

„Ach. Und wieso?" fragte Bimbo. „Wir sind doch keine Bande! Wir sind eine Familie!"

„Aber was für eine!" Die Frau schüttelte lächelnd den Kopf. „Meine Schwester ist Lehrerin an eurer Schule."

„Ihre Schwester? Und wie heißt die?" Dany fürchtete schon, sie würde gleich sagen: „Frau Mewes."

Aber die Frau sagte. „Sie ist die Englischlehrerin."

„Etwa Frau Dr. Theiss?" rief Molle entsetzt.

Die Frau warf Molle einen forschenden Blick zu. „Magst du sie nicht?"

Molle wurde rot. Sie begann zu stottern. „Oh... doch... och... ich meine... ich wollte sagen..."

„Meine Schwester Irene ist ein wunderbarer Mensch", sagte die Frau. „Sie hat nur das Problem, daß ihre Schüler das irgendwie nicht merken."

Peggy lächelte. „Eigentlich schade, daß Sie nicht unsere Lehrerin sind. Ich glaube, Sie könnten uns gefallen."

Die Frau seufzte. „Tja. So ist das nun mal. Ich bin nur Sekretärin."

„Sind Sie die Sekretärin vom Bürgermeister Feddersen?" fragte Bimbo. „Wir wollen ihn nämlich etwas fragen."

„Also los." Die Frau lächelte. „Was wollt ihr ihn fragen?"

„Es geht um das Pferderennen."

„Ja. Und?"

„Wir wollten fragen –" Bimbo sah sich hilfesuchend nach Peggy um. „Ich meine, wir wollten wissen, wer da alles mitmachen darf."

„Nun. Rennpferde natürlich." Die Frau lachte. „Hast du gedacht, es ist ein Windhundrennen?"

Bimbo wurde rot. „Ich habe auch ein Pferd."

„Ein Rennpferd hast du?" fragte die Sekretärin ungläubig.

Dany räusperte sich. „Es ist nicht direkt ein Rennpferd..."

„...es ist mehr ein Pony", erklärte Molle. Aber sie bekam sofort einen Rippenstoß von Bimbo.

„Klärchen hat Araberblut in den Adern. Ihre Großmutter war ein arabisches Vollblut. Ein richtiges Rennpferd. Klärchen ist schnell wie der Wind."

Die Frau lächelte ungläubig. „Ein Pony, das schnell wie der Wind ist? Das gibt es doch gar nicht."

Sie kramte in einer Schublade und zog einen engbeschriebenen Bogen heraus. „Hier sind die Teilnahmebedingungen", erklärte sie. „Da könnt ihr selber nachschauen, ob euer Pferd den Anforderungen genügt. Auf jeden Fall müßte euer Vater mit eurer Teilnahme einverstanden sein und die Anmeldung unterschreiben."

„O Gott", flüsterte Bimbo.

„Oder deine Mutter."

„Das klappt auch nicht", meinte Bimbo kleinlaut.

Die Frau hob die Arme. „Ja, wenn deine Eltern es nicht erlauben, wie stellst du dir das dann vor? Das ist schließlich keine Kinderveranstaltung, sondern ein reguläres Rennen, zu dem wir viele tausend Besucher erwarten. Das Rennen geht über eine Distanz von drei Kilometern. Mit vierzehn Hindernissen. Hält dein Pony das überhaupt durch?"

Bimbo warf Peggy einen verstohlenen Blick zu. Sie sah, daß Peggy erbleichte. Hastig rief sie: „Aber klar doch! Das ist für mein Pferd eine Kleinigkeit. Wir wollen ja jetzt auch jeden Tag am Strand trainieren."

In diesem Augenblick summte der Telefonapparat auf dem Schreibtisch. Die Frau nahm den Hörer ab. Sie lauschte. Dann sagte sie:

„Okay, Chef. Sofort."

Als sie den Hörer auflegte, erhob sie sich. „Ihr müßt jetzt gehen", sagte sie.

Sie nahm ihren Stenogrammblock und einen Bleistift und ging auf die verschlossene Tür zu.

„Also was ist?" Bimbo rannte hinter ihr her. „Kann ich mitmachen, wenn ich die Unterschrift meiner Eltern habe?"

„Das bestimmt der Bürgermeister."

Bimbo holte tief Luft. „Bitte, bitte, lassen Sie mich ganz kurz mit ihm sprechen."

Ehe die Sekretärin protestieren konnte, öffnete Bimbo die Tür und sagte:

„Guten Tag, Herr Feddersen. Haben Sie einen Augenblick Zeit für mich?"

Der Bürgermeister stand am Fenster und schaute auf die Hauptstraße hinunter, wo gerade ein Motorrad gegen einen Blumenkübel geprallt war. Überrascht drehte er sich um. „Wer bist du denn?" fragte er.

Bimbo trat noch einen Schritt vor. „Ich bin Beatrice Brendel, die Tochter von Dr. Brendel. Ich habe ein Pferd, das sehr schnell laufen kann, und ich möchte mich für das Rennen am Strand anmelden."

Als sie sah, daß der Bürgermeister die Stirn runzelte, fügte sie hastig ein „Bitte" hinzu.

„Die Tochter von Dr. Brendel?" fragte der Bürgermeister. „Eines von den Tierarztkindern, was? Schöner Hof, der Süderhof. Wollten meine Eltern kaufen, damals, als der Bauer Wolters verkaufte. War aber zu teuer. Wirklich schöner Hof."

„Also darf ich mitmachen?" drängte Bimbo.

„Mitmachen? Bei dem Pferderennen?" Der Bürgermeister ging um den Schreibtisch herum und schaute Bimbo an. Sie war ein zierliches Mädchen, und er ein großer dikker Mann. „Du bist doch viel zu zart", sagte er. „Du hast doch gegen die Männer gar keine Chance."

„Aber ich habe ein schnelles Pferd", erwiderte Bimbo.
„Und Mut, wie ich sehe." Der Bürgermeister lächelte. „Könnte vielleicht ganz interessant werden. Auch für die Reklame. Sympathische junge Reiterin, die als Außenseiterin mitmacht. Eben war einer hier, der wollte gleich mit zwölf Pferden an den Start. Und dann alle Preise einheimsen. Aber ich hab gesagt, so geht das nicht. Es müssen auch die Leute aus der Gegend hier eine Chance haben."

Bimbo strahlte. „Das ist echt gut von Ihnen."

„Diesen Rennstallbesitzern will ich das Rennen nicht allein überlassen", fuhr der Bürgermeister fort. „Die wollen mit Wetten ein Vermögen machen." Er legte Bimbo den Arm um die Schultern. „Da lob ich mir doch so eine brave Tierarzttochter vom Süderhof. Was sagst du, wie alt ist dein Pferd?"

„Acht Jahre."

„Schönes Alter. Und ist schon Rennen gelaufen?"

Bimbo wurde rot. „Nicht... nicht direkt..." stotterte sie. „Nur so zum Spaß..."

„Mhmh." Der Bürgermeister runzelte die Stirn. „Du wirst es nicht leicht haben, Mädchen. Es gehen viele Pferde an den Start. Schnelle Pferde. Aus ganz Schleswig-Holstein kommen die."

Bimbo nickte. „Das macht nichts."

Der Bürgermeister entließ sie mit einem freundschaftlichen Klaps. „In Ordnung. Man muß auch Kindern mal eine Chance geben."

Bimbo riß die Augen auf. „Also... also... ist alles okay?"

„Alles okay", antwortete der Bürgermeister. „Du hast mein Wort."

Bimbo drehte sich zu den anderen um. Am liebsten hätte sie jubelnd die Arme hochgerissen und den Bürgermeister auf der Stelle umarmt.

Aber das schien ihr doch etwas peinlich.

„Danke!“ rief sie. Und die anderen murmelten im Chor „Danke, Herr Bürgermeister.“

Als sie schon wieder im Vorzimmer waren, rief der Bürgermeister sie noch einmal zurück.

„Wißt ihr eigentlich, was man gewinnen kann?“

Die Kinder schwiegen erwartungsvoll.

„Könnt ihr ja auch nicht wissen. Aber das Rennkomitee hat entschieden, da der Sieger fünftausend Mark bekommen soll."

Bimbo dachte, ihr Herz bliebe stehen.

„Fünftausend Mark?" fragte sie atemlos.

Der Bürgermeister lachte. „Da staunst du, was? Das ist ein schöner Batzen Geld."

Bimbo nickte stumm.

„Ich hab es dir nur erzählt, damit du weißt, daß dieses Rennen kein Kinderspiel ist. Es geht um viel Geld. Es ist ernst, Mädchen. Richtig ernst. Bei Geld hört der Spaß nämlich auf. Jedenfalls bei den meisten Leuten."

Schweigend verließen die Kinder das Büro des Bürgermeisters. Sie sprachen kein Wort, bis sie wieder unten auf der Straße waren.

Dann schrie Dany: „Fünftausend Mark! Das ist ja Wahnsinn!"

Peggy schluckte. Ihre Lippen waren ganz weiß. „Bimbo", flüsterte sie, „ich glaub, ich hab Angst."

7. Kapitel

Zwei Tage später stand es im „Braderuper Tageblatt“:

„Großes Pferderennen am Strand! Zum ersten Mal in der Geschichte des alten Fischerdorfes Braderup, das sich inzwischen zu einem beliebten Seebad entwickelt hat, findet ein Pferderennen statt. Jens Feddersen, der rührige Bürgermeister des Ortes, hatte diese spektakuläre Idee, die sicherlich Tausende von Schaulustigen anlocken wird: An dem meilenlangen, bei Ebbe vierhundert Meter breiten weißen Sandstrand von Braderup werden im Abstand von zweihundert Metern Hindernisse aufgestellt, sogenannte Buschoxer, die die Pferde überspringen müssen. Start ist am alten Leuchtturm von Braderup und Ziel vor dem Strandcafé. Dort werden auch Tribünen für die Zuschauer errichtet. Ganz Braderup hofft auf zahlreiche Besucher, aus allen Teilen Schleswig-Holsteins. Inzwischen haben sich schon mehrere bekannte Rennställe angemeldet. Die Bedingungen für das Rennen sind so ideal, daß auch junge Pferde und junge Reiter an den Start gehen können. Jüngste Teilnehmerin ist ein fünfzehnjähriges Mädchen, das mit seinem Pony gegen eine große Konkurrenz starten will. Die Siegesprämie beträgt übrigens DM 5000,--.“

„Hast du das gelesen?“ Bimbo stürzte ins Bad, wo Peggy gerade damit beschäftigt war, die Wasserhähne an den Waschbecken zu polieren.

„Was?“ Peggy pustete eine Haarsträhne aus der Stirn. „Was soll ich gelesen haben?“

Bimbo schwenkte die Zeitung. „Hier steht alles! Über das Rennen! Und du bist auch genannt!“

Peggy ließ wie elektrisiert den Putzlappen fallen. „Ich?“

„Na ja. Oder ich. Einer von uns beiden. Ein fünfzehnjähriges Mädchen jedenfalls.“

„Ich bin erst vierzehn."

„Das ist doch vollkommen piepe. Soll ich dir vorlesen, was hier steht?" Bimbo ließ sich auf dem Badewannenrand nieder und faltete genüßlich die Zeitung auseinander. Dann las sie vor, nicht ohne ein paar vielsagende Pausen einzulegen. Als sie zu Ende gelesen hatte, ließ sie die Zeitung sinken. Ihre Augen sprühten Funken. „Na, was sagst du jetzt?"

„Ich hab ganz weiche Knie." Peggy lehnte sich gegen das Waschbecken. „Große Konkurrenz... findest du nicht, daß es ein bißchen leichtsinnig ist, wenn wir da mitmachen?"

„Leichtsinnig? Wie kommst du darauf? Wir werden die Ehre von Braderup verteidigen!" Sie schlug Peggy auf die Schulter. „Und bedenke: Es geht um fünftausend Mark!"

Peggy schüttelte den Kopf. „Daran denke ich lieber nicht. Dann könnte ich nämlich bis zum Rennen keine Nacht mehr schlafen. Ach, übrigens: Was sollen wir mit fünftausend Mark?"

Bimbo überlegte. „Weiß ich auch nicht genau." Sie lachte. „Aber darum geht es ja auch nicht. Wir wollen bloß dabeisein! Ist doch toll, wenn du deinen Kindern später erzählen kannst, daß du schon mal bei einem Pferderennen mitgemacht hast. Und daß du als Siegerin durchs Ziel gegangen bist. Und alle Feriengäste der ganzen Nordseeküste haben Bravo geschrien."

„Oder alle Feriengäste der Nordseeküste haben zugeschaut, wie ich vom Pferd gefallen bin." Peggy seufzte. Unschlüssig sah sie Bimbo an. „Bist du wirklich sicher, daß ich reiten soll? Ich finde, es wäre viel vernünftiger, wenn du das machst. Dir traut man so was zu."

Bimbo schüttelte energisch den Kopf. „Abgemacht ist abgemacht. Bis zum Rennen sind noch acht Wochen Zeit. Zwischendurch kommen die Ferien. Wir haben unheimlich viel Zeit zum Trainieren."

Am liebsten hätte sie jetzt gesagt: Komm, Peggy, laß uns gleich anfangen mit dem Training. Aber Peggy stand immer noch da, mit dem Putzlappen in der Hand, und das Badezimmer sah immer noch recht unordentlich aus.

„Wenn du mir helfen würdest, ginge es schneller. Hier." Peggy drückte Bimbo ein Ledertuch in die Hand. „Du kannst schon mal die Spiegel abreiben. Aber ohne Streifen, bitte. Ich hab deiner Mutter versprochen, daß alles picobello wird."

„Ohne Streifen?" Lustlos rieb Bimbo auf dem großen Spiegel herum, der über dem Waschbecken hing. „Wieso denn ohne Streifen? Die stören doch niemanden."

„Doch. Deine Mami."

„Quatsch. Mami kommt doch hier nie rein. Sie hat doch ihr eigenes Badezimmer." Bimbo hauchte gegen einen Fleck und rieb energisch darauf herum. „Die ganze Anstrengung ist doch sinnlos. Morgen ist alles wieder genauso schmutzig wie vorher. Komm, laß uns lieber rausgehen zu Klärchen. Es ist gerade so schön draußen."

Mit einem Stoßseufzer schaute Peggy aus dem kleinen Kippfenster. „Ich kann mir auch etwas Schöneres denken als putzen."

Bimbo strahlte. „Weißt du was? Wir lassen jetzt erst einfach alles hier so liegen, wie es ist. Dann schreiben wir Dany einen Zettel und bitten ihn, den Rest sauber zu machen. Schließlich benutzt er das Badezimmer genauso häufig wie wir."

Peggy grinste. „Dann wird er sich aber wundern. Er ist nämlich wie alle Jungen der Ansicht, daß die Putzarbeit von Mädchen gemacht werden soll."

„Dann wird es Zeit, daß wir ihn mal ein bißchen erziehen." Bimbo schob Peggy aus dem Bad.

„Komm jetzt. Klärchen wartet."

Den ganzen Nachmittag verbrachten Peggy und Bimbo mit dem Pony auf dem Abreiteplatz. Dieser Platz, ein Viereck, dessen Boden aus Sand und Sägespänen bestand, lag gleich hinter der Tierarztpraxis.

Hier beoachtete Dr. Brendel die Pferde, die ihm zur Untersuchung gebracht wurden. Er versuchte, herauszufinden, warum sie lahmten, oder ob sie an Erkrankungen der Atemwege litten oder vielleicht sogar an einer Herzmuskelstörung. Auf jeden Fall war es ein idealer Platz, um ein Pferd an der Longe traben und galoppieren zu lassen.

Klärchen allerdings schien da ganz anderer Meinung zu sein. Sie bockte und buckelte an der Longe und versuchte immer wieder, nach innen auszubrechen. Aber geduldig dirigierte Bimbo das Pferd mit der langen Peitsche wieder in den Kreis zurück.

Peggy, die neben Bimbo stand, schüttelte staunend den Kopf. „Du kannst so streng sein. Dabei ist Klärchen doch dein ein und alles."

„Erstens bin ich nicht streng", erwiderte Bimbo, „und zweitens tu ich doch nichts anderes, als Klärchen an ein schnelleres Tempo zu gewöhnen. Sie muß ihr Herz und ihre Muskeln trainieren, damit sie später nicht mitten auf der Strecke schlappmacht. Sie muß sich an den Rennrhythmus gewöhnen, weißt du. Ihre Muskeln müssen weich und geschmeidig und gleichzeitig stahlhart sein. Dann ist sie ein gutes Rennpferd."

Peggy schaute ihre Cousine an. „Und woher weißt du das alles?"

„Von Daddy natürlich", antwortete Bimbo ernst. „Was glaubst du, wie oft ich ihm schon zugehört habe, wenn er mit Pferden gearbeitet und mit ihren Besitzern gesprochen hat? Daddy sagt immer, man tut seinem Pferd einen Gefallen, wenn man es gut trainiert. Pferde wollen nicht nur im Stall herumstehen oder nur ab und zu mal über eine Wiese hoppeln. Den Pferden macht es Spaß, schnell zu sein. He! Holla, Klärchen! Galopp! Galopp!"

Klärchen riß den Kopf hoch und wieherte. Dann machte sie einen Sprung mit allen vier Beinen gleichzeitig in die Luft, ließ sich fallen, senkte den Kopf und raste los.

Bimbo lachte. „Siehst du, wie sie rennen kann? Das

Weiße in ihren Augen leuchtet! Siehst du, wie sie die Ohren anlegt? Das zeigt, daß sie sich freut. Holla! Klärchen! Ja. Sooo ist es gut... ja, mach so weiter, Klärchen!"

Plötzlich flog ein Fenster auf, und Dr. Brendel streckte seinen Kopf heraus.

Er trug einen weißen Arztkittel und hatte das Stethoskop um den Hals hängen.

„Was ist denn das für ein Schauspiel, Bimbo?“ rief er.

„Das ist kein Schauspiel, Daddy! Das ist Training!“

„Und wofür, bitte schön, soll das gut sein?“

„Hier, halt mal die Longe.“ Bimbo drückte der verdutzten Peggy die Leine und die Peitsche in die Hand und rannte zu ihrem Vater. „Wir machen aus Klärchen ein Rennpferd, Daddy“, rief sie fröhlich. „Findest du nicht, daß sie schon unheimlich schnell ist?“

„Ich sehe nur, daß sie schon müde ist“, antwortete Dr. Brendel. Kopfschüttelnd schaute er zu dem Pferd hinüber. „So wird nie ein Rennpferd aus ihr.“

„Und wieso nicht?“

„Weil man ihr mit acht Jahren nicht mehr etwas beibringen kann, was sie mit zwei Jahren schon hätte lernen müssen. An der Longe trainiert man ganz junge Pferde, Bimbo.“

„Und wie soll ich es sonst machen?“

„Erst mußt du mir sagen, was du überhaupt bezweckst.“

„Ich will aus Klärchen das schnellste Pferd der Welt machen.“

Günter Brendel lachte. „Möglich, daß Klärchen das freundlichste Pferd der Welt ist – aber das schnellste wird sie nie.“

„Sie hat aber eine Großmutter, die ein arabisches Vollblut war!“

„Stimmt. Und einen Vater, der ein dickes gemütliches Shetlandpony war.“

Bimbo sah ihren Vater schmollend an. „Du machst einem nicht gerade Mut! Dabei hast du selber immer gesagt, daß mein Pferd schnell wie der Wind ist.“

Dr. Brendel beugte sich aus dem Fenster, um Bimbo über das Haar zu streichen. „Du bist süß“, sagte er gerührt. „Richtig süß. Stimmt es wirklich, daß du an dem Pferderennen von Braderup teilnehmen willst?“

Bimbo nickte. Sie beobachtete, wie Klärchen vom Galopp in den Trab fiel, und dann wiehernd auf Peggy zuging, die sofort die Arme um den Hals des Tieres legte. „Ich glaub, du hast recht, Daddy“, murmelte sie. „Klärchen ist wirklich kein Rennpferd.“

„Klärchen ist schnell, schneller als viele Pferde, die ich kenne“, erklärte Dr. Brendel nachdenklich. „Aber nur, wenn sie es selber will. Sie muß Spaß haben am Laufen, weißt du. Aber da, auf dem Viereck, an einer langen Leine, da hat sie keinen Spaß.“

„Und was sollen wir tun?“

„Am Strand trainieren“, antwortete Dr. Brendel. „Unter den gleichen Bedingungen wie beim Rennen. Klärchen muß das Gefühl haben, daß sie mit den anrollenden Wellen um die Wette galoppiert. Das wird ihr Spaß machen.“

Bimbo sah ihren Vater skeptisch an. „Meinst du das jetzt ernst?“

Dr. Brendel lächelte. „Ich glaube, du bist die einzige Pferdebesitzerin zwischen Braderup und Husum, die kein Vertrauen in meine Ratschläge hat. Eigentlich müßte ich jetzt beleidigt sein.“

Bimbo wäre ihrem Vater am liebsten um den Hals gefallen. „Du bist der beste Tierarzt der Welt“, flüsterte sie gerührt. Doch dann mußte sie schon wieder lachen. „Schick mir eine Rechnung, ja?“ erklärte sie schelmisch. Dann winkte sie Peggy, die mit Klärchen in der Mitte des Abreiteplatzes stand.

„Du hast gehört, was Daddy gesagt hat. Laßt uns zum Strand reiten und da weitertrainieren.“

„Kann Klärchen uns denn beide tragen?“

„Klar.“ Bimbo hielt Klärchen an der Trense fest. „Los! Steig auf!“

Klärchen schien die beiden Mädchen kaum zu spüren. Mit hocherhobenem Kopf schritt sie fröhlich voran.

Als Bimbo sich umschaute, sah sie, wie ihr Vater ihnen gutmütig zuwinkte, und zum ersten Mal glaubte sie jetzt ganz ernsthaft daran, daß Klärchen beim Rennen eine Chance haben würde. Wie hatte Dr. Brendel gesagt: Klärchen muß das Gefühl haben, als würde sie mit den Wellen um die Wette galoppieren...

Abends, als die ganze Familie gemeinsam um den Gartentisch unter dem Apfelbaum versammelt war, fragte Dr. Brendel: „Na, wie ist das erste Rennen gelaufen?"

„Rennen?" rief Sonia Brendel entsetzt. „Hat eben jemand was von Rennen gesagt?" Sie teilte gerade Spaghetti aus. Weil die so lang waren und sich immer wieder von der Gabel ringelten, hatte Sonia Brendel sich auf einen Hocker gestellt. Molle reichte ihr die Teller, einen nach dem anderen. Spaghetti mit Sahnesoße und Schinken gehörte zu den Gerichten, die niemand besser zubereiten konnte als Sonia Brendel. Dazu gab es frischen grünen Salat aus dem Garten und Eistee.

„Ich liebe Spaghetti Carbonara!" rief Dany hingerissen. „Tante Sonia, du bist die beste Köchin der Welt."

„Und du bist mein größter Fan." Lächelnd nahm Sonia Brendel seinen Teller, den er in Nullkommanichts leergegessen hatte, entgegen.

„Stimmt nicht!" rief Ben. „Dein Kater... Samson ist dein größter Fan."

Dr. Brendel lachte. „Und was ist mit mir? Ich bin mit dieser Frau schließlich schon seit mehr als sechzehn Jahren verheiratet."

„Ach, Daddy, das zählt nicht." Molle spritzte sich etwas Zitrone in ihren Eistee. „Ein Fan ist doch etwas anderes als ein Ehemann."

„Ein Fan ist einer, der jemanden heimlich bewundert", erklärte Peggy.

Sonia sah sie neugierig an. „Und wen bewunderst du heimlich, Peggy?"

Peggy wurde rot. „Keine Ahnung... ich meine... ich glaube... ich bin einfach ein Fan von euch allen. Ja, wirklich.“ Hastig trank sie einen Schluck Tee. „Ich meine, ich bin ein Fan vom Süderhof. Es ist einfach... es ist alles so unheimlich schön hier... zum Beispiel dieses Abendessen, wir alle zusammen im Garten...“

Als sie merkte, daß alle sie anschauten, bekam sie vor Verlegenheit einen ganz roten Kopf. Hilfesuchend schaute sie Dany an. „Sag doch auch was, Dany.“

„Wieso ich?“ Dany wickelte gerade ein paar besonders lange Nudeln um seine Gabel. „Du hast das doch ganz toll gesagt. Ich unterstreiche jedes Wort. Es ist echt Klasse hier.“

Sonia Brendel ging um den Tisch herum. Stumm nahm sie Peggy in die Arme. „Danke, daß du das gesagt hast“, flüsterte sie. „Danke. Das macht uns sehr glücklich, weißt du. Wir möchten, daß es euch immer gutgeht.“

„Mir geht es auch gut!“ rief Ben. „Und meinem Schäfchen geht es auch gut! Mein Schäfchen kann schon bis drei zählen. Wenn ich sage, Rosi, wieviel ist eins und eins und eins, dann macht Rosi: mäh... mäh... mäh...“

Molle hätte sich vor Lachen beinahe verschluckt. „Wirklich, Ben“, sagte sie prustend, „du kannst einem die feierlichsten Augenblicke verderben. Es war gerade so besonders rührend.“

Peggy sah sich verwirrt um. „Ich hoffe, ich habe nichts Falsches gesagt...“

Tierarzt Günter Brendel schüttelte den Kopf. „Überhaupt nicht. Du siehst doch, deine Tante ist ganz gerührt...“ Er lächelte ihr aufmunternd zu.

„Ja, ich bin so gerührt, daß ich ganz vergessen habe, worüber eben geredet wurde.“ Sonia Brendel wischte verstohlen eine kleine Träne aus den Augenwinkeln. „Über Pferderennen, nicht wahr? Soll das heißen, Günter, du hast Bimbo erlaubt, an diesem Rennen teilzunehmen?“

„Ich?“ Dr. Brendel protestierte. „Ich habe gar nichts erlaubt. Man hat mich nämlich überhaupt nicht gefragt.“

„Der Bürgermeister von Braderup hat uns seine Einwilli-

gung schon gegeben“, erklärte Bimbo, als sei damit schon alles in Ordnung.

Dany schaute von einem zum anderen. „Soll das heißen, ihr habt heute schon mit Klärchen trainiert?“

Als Peggy und Bimbo nickten, sagte er: „Und wieso erfahren Molle und ich nichts davon? Ich dachte, wir machen immer alles zusammen.“

„Machen wir ja auch! Regt euch bloß nicht auf!“ Abwehrend hob Bimbo die Hände. „Das Training heute zählt ja nicht. Wir sind nur ein bißchen den Strand entlanggaloppiert. Daddy, wir brauchen eine Stoppuhr. Hast du so was? Wir müssen die Zeit messen.“

„Ich habe eine Stoppuhr!“ Dany sprang auf. „In meinem Zimmer.“

„Bleib sitzen, Dany. Wir brauchen sie ja erst morgen.“

„Und dann brauchen wir dein Fahrrad mit dem Kilometerzähler“, sagte Peggy. „Wir müssen Distanzen abmessen.“

Dany war wieder versöhnt. „Ich sehe: Ohne mich läuft mal wieder gar nichts.“

„Und ich?“ Molle versuchte ihre Enttäuschung zu verbergen.

„Dich brauchen wir selbstverständlich auch“, antwortete Peggy. „Du am Start und Dany am Ziel. Oder umgekehrt.“

„Und ich?“ Ben war von seinem Stuhl gestiegen und zu Peggy gelaufen. Er zupfte an ihrem Ärmel. „Braucht ihr mich nicht?“

Peggy nahm Ben auf den Schoß. „Dich brauchen wir am allermeisten, Kleiner. Du bist nämlich Publikum. Du mußt schreien, weißt du. Klärchen anfeuern. Du mußt so laut schreien, wie tausend Zuschauer auf einmal.“

Ben starrte seine Schwester begeistert an. Plötzlich riß er den Mund auf und begann ein Indianergeheul.

„Nicht hier!“ Dr. Brendel hielt sich die Ohren zu.

„Am Strand, haben wir gesagt, Benni, am Strand!“

8. Kapitel

Klärchen bekam jetzt nach den Ratschlägen von Dr. Brendel jeden Morgen Kraftfutter: Hafer, Leinsamen, etwas Honig, frisches Heu. Ihre Fesseln wurden täglich bandagiert, und einmal am Tag führte Peggy das Pony an den Bach, um ihre Beine im kalten klaren Wasser zu kühlen.

Klärchens Fell wurde gestriegelt, bis es glänzte wie Seide, und die Mähne wurde jeden Tag eingeflochten und wieder ausgekämmt, bis sie weich und wellig war. Der Schweif glänzte unter dem Striegel, und die Nüstern wurden täglich mit einem weichen Schwamm abgewaschen, ebenso die Augen.

Schnaubend ließ Klärchen sich alles gefallen. Am Anfang war sie erstaunt darüber, daß es in ihrer Box zuging wie in einem Bienenstock. Sie war zuerst etwas erschrocken in die äußerste Ecke ihrer Box zurückgewichen, als die Kinder mit Eimer und Schwamm, Striegel und Bürste anrückten.

Nach ein paar Tagen aber hatte sie sich an das neue Spiel gewöhnt. Ja, es gefiel ihr so gut, daß sie mittags, wenn die Kinder aus der Schule kamen, schon immer den Kopf aus der Boxentür streckte und ungeduldig wieherte.

Manchmal schlug sie, um ihre Ungeduld zu bekräftigen, mit dem Vorderhuf gegen die Tür, und der Lärm machte auch die anderen Pferde in den Boxen nervös.

„Macht mir ja meine Patienten nicht verrückt!" rief Dr. Brendel manchmal mahnend, wenn er das geschäftige Treiben in der Stallgasse bemerkte.

Im nächsten Augenblick waren die Kinder mit Klärchen schon verschwunden.

Täglich ritt Peggy das Pony zum Strand, die anderen fuhren mit den Rädern hinterher. Dany hatte für Ben extra einen kleinen Kindersitz an seinem Fahrrad angebracht.

Klärchen trabte eilig dem Strand entgegen. Sie war übermütig und voller Tatendrang. Irgendwie schien sie zu spüren, daß etwas Besonderes mit ihr vorgesehen war. Sie tänzelte wie eine Primaballerina auf dem Feldweg entlang, rupfte spielerisch am Löwenzahn und schnaubte, wenn sie an der Schafweide vorbeikamen, und all die Schafe wie auf Kommando holprig zu laufen begannen und am Zaun entlang ein Stück neben Klärchen herrannten, laut blökend, als wollten sie ihr noch ein paar gute Ratschläge hinterherrufen.

Am Strand hatten die Kinder eine Strecke von dreitausendzweihundert Metern abgesteckt. Aber sie trainierten Klärchen zuerst nur auf tausend Meter, wie Dr. Brendel es empfohlen hatte. Von Tag zu Tag wurde die Strecke verlängert.

Das Startzeichen durfte Ben mit einer Spielzeugpistole geben. Ben konnte den Augenblick jedesmal kaum erwarten. Ganz aufgebläht vor Stolz stand er an der Startlinie. Die Pistole in den Himmel gerichtet, starrte er auf Klärchen, die auf der Startlinie auf und ab tänzelte. Peggy, die immer ohne Sattel ritt, beugte sich vor und streichelte Klärchens Hals und ihre Ohren, um sie zu beruhigen.

Bimbo stand oben auf der höchsten Düne, von wo aus sie Start und Ziel im Auge hatte. Sie gab das Zeichen, indem sie eine Stange schwenkte, an der ein rotes Halstuch befestigt war. Wenn sie den Arm senkte, feuerte Ben die Schreckschußpistole ab, und im gleichen Augenblick spurtete Klärchen los. Sie streckte sich, machte sich ganz lang und flog in langen Sätzen über den weichen Sand. Der Boden federte unter ihren Hufen, und sie blähte die Nüstern vor Begeisterung über die eigene Geschwindigkeit.

Peggy beugte sich weit vor. Sie ließ die Zügel, wie Bimbo es ihr geraten hatte, leicht durchhängen, damit Klärchen sich richtig strecken konnte, und rief ihr anfeuernde Worte zu.

Klärchen antwortete manchmal mit einem fröhlichen Wiehern, und dann spannte sie sich und schnellte wie eine

Feder noch schneller davon. Peggys Gesicht glühte, sie lachte und strahlte. Es war das schönste Gefühl der Welt, so auf einem bloßen Pferderücken über den Strand dahinzufliegen, links das Meer, die rauschenden Wellen, und rechts die Dünen, und Bimbo, die winkte und schrie, und ganz vorn, ein kleiner Punkt, das war Dany mit der Stoppuhr. Dany sprang immer erst im letzten Augenblick zur Seite, bückte sich ganz tief und drückte die Stoppuhr genau in dem Augenblick, wenn Klärchen die Ziellinie erreichte.

Klärchen wußte genau, wann das Rennen zu Ende war. Sie wußte, daß es etwas mit Dany zu tun hatte. Sobald sie an Dany vorbei war, wurde sie automatisch langsamer, sie galoppierte noch, aber Peggy feuerte sie auch nicht mehr an, sondern sagte etwas Besänftigendes, und so fiel sie schließlich in Trab, und dann in Schritt, und Peggy ritt eine Volte zu Dany zurück.

„Wie war es?“ schrie sie, während sie sich vom Pferd gleiten ließ.

Dany hielt Klärchens Trense. Er tätschelte das Pferd, das immer noch heftig schnaubte und legte seine Hand zwischen die Vorderbeine des Ponys. „Ihr wart super“, meinte Dany. „Klärchen hat nur ein bißchen geschwitzt, das ist ein gutes Zeichen.“

„Das macht das Training.“ Peggy rang immer noch nach Luft. „Ich glaube, sie gewöhnt sich schneller an das Tempo als ich.“

Klärchen schüttelte sich. Sie wußte, daß man ihr zur Belohnung die Trense abnehmen würde, damit sie ins Wasser laufen und nach Herzenslust da herumplantschen konnte.

Kaum hatte Dany die Trense abgezogen, warf Klärchen den Kopf hoch, schüttelte sich so, daß die Ohren schlackerten und lief auf das Wasser zu. Es war immer noch Ebbe, das Meer war weit draußen, Klärchen platschte fröhlich durch das Niedrigwasser, offenbar tat es ihr nach dem schnellen Rennen gut, die Beine mit kaltem Salzwasser zu kühlen.

„Wie schnell war sie?“ schrie Bimbo schon von weitem. Mit ihrem leuchend roten Fahrrad kämpfte sie sich durch den nassen Sand.

„Wahnsinnig schnell!“ schrie Dany zurück. „Schneller als gestern und vorgestern.“

„Ich hab's beobachtet“, Bimbo sprang vom Rad und ließ es einfach in den Sand fallen. Sie schaute Peggy begeistert an. „Ihr beide habt ausgesehen, als ob ihr miteinander verschmelzen würdet. Einfach toll.“

Peggy wurde rot vor Freude. „Ich geb mir auch Mühe.“

„Ja, das sieht man. Aber macht es auch Spaß?“ fragte Bimbo.

„Und ob.“ Peggy strahlte. „Ich hab noch nie etwas so Tolles erlebt.“

Bimbo nickte. Nachdenklich schaute sie Klärchen zu, wie sie im Wasser herumplantschte. Klärchen schien das schnelle Rennen gar nichts auszumachen. Sie hatte sich längst wieder beruhigt. Manchmal schaute sie zu den Kindern hinüber, als wollte sie sich vergewissern, daß alle noch da waren. Manchmal jagte sie auch eine Möwe oder einen Strandläufer, die vor dem Pferd davonrannten. Das gefiel ihr besonders, dann wirkte sie wie ein junges, verspieltes Fohlen, das nur Dummheiten im Kopf hat.

Plötzlich hob Klärchen den Kopf. Sie stellte die Ohren auf, schaute aufmerksam den Strand hinunter und wieherte leise. Ganz starr stand sie da, jeden Muskel angespannt.

„Was hat sie?“ fagte Peggy verwundert.

Bimbo legte die Hände über die Augen. „Ich sehe nichts.“

„Seid mal ruhig, ich höre was!“ Dany bückte sich. Er legte ganz vorsichtig sein Ohr auf den Sand.

„Da kommen Pferde“, flüsterte er. „Ich höre Hufschlag.“

Bimbo rannte die Dünen hinauf. Dany und Peggy folgten ihr.

„Da!“ Bimbo deutete auf eine kleine Talsenke zwischen zwei Dünen, auf denen hohes Strandgras wuchs.

Drei Pferde kamen in vollem Galopp über den Strand. Sie waren noch eine ganze Strecke entfernt. Aber sie flogen schnell dahin, im nächsten Augenblick hatte die zweite Düne sie verdeckt.

Bimbo stolperte zum Strand hinunter. „Klärchen!" schrie sie. „Klärchen! Bleib hier!"

Aber Klärchen trabte mit aufgerichtetem Schweif und geblähten Nüstern in dem seichten Wasser den anderen Pferden entgegen.

„Klärchen!" schrien nun auch Peggy und Dany wie aus einem Mund.

Das Pony reagierte nicht. Es trug keine Trense, keinen Sattel, es sah aus wie ein stolzes freies Pferd, ein Wildpferd, das allein für sich am Meeresufer dahintrabt, der Sonne entgegen...

Jetzt sah man die drei Pferde und ihre Reiter schon deutlicher. Es waren zwei Füchse, deren rötliches Fell in der Sonne leuchtete wie Feuer, und ein Rappe, tiefschwarz. Die Reiter hatten sich tief über die Mähne ihrer Pferde gebeugt, sie galoppierten eng nebeneinander, so eng, daß die Steigbügel der Reiter sich berührten und manchmal leise klirrten.

Klärchen wieherte. Aufgeregt lief sie durch das Wasser, das an ihren Beinen hochspritzte, den fremden Reitern entgegen.

Einer der Reiter schrie: „Aus dem Weg!" Das erste Pferd scheute. Das andere sprang zur Seite, so daß der Reiter beinahe aus dem Sattel gerutscht wäre.

Aber in der nächsten Sekunde waren sie wie ein Spuk vorbei.

Klärchen stand da, alle Sehnen aufmerksam angespannt, und schaute der Kavalkade hinterher. Und dann warf sie den Kopf zurück, stieß ein triumphierendes Wiehern aus, und im nächsten Augenblick jagte sie hinter den drei Tieren her. Ihre Hufe trommelten über den Sandboden, ihr Schweif leuchtete wie eine silberne Fahne. Sie sah so schön aus, ein so schnelles, stolzes Pferd, daß Bimbo vor Rührung die Tränen in die Augen traten.

„Sie rennt ihnen hinterher!" schrie Dany.

„Seht mal, wie schnell sie ist!" wisperte Peggy ergriffen.

Klärchen hatte zuerst vielleicht fünfzig Meter Abstand zu den Reitern, aber sie wurde schneller und schneller, bald schien sie schon Kopf an Kopf mit den Reitern zu sein.

Und dann plötzlich konnten sie Klärchen nicht mehr sehen: Nur noch ein großes dunkles Knäuel, das immer kleiner wurde, zeichnete sich am Horizont ab.

„Wahnsinn." Dany rieb sich stöhnend das Gesicht. „Habt ihr so was schon mal gesehen?"

„Sie ist ein Rennpferd!" flüsterte Bimbo. „Ich hab es ja immer gesagt. Sie hat das im Blut. Ihre Mutter war arabisches Vollblut..."

„...ich denke, ihre Großmutter!"

„Ach. Ist doch egal. Kleinigkeiten zählen jetzt nicht."

Bimbo lief zu den Dünen hoch, in der Hoffnung, von dort etwas von ihrem Pony und den anderen Pferden zu sehen. Aber sie schienen spurlos verschwunden zu sein. Fragend schaute sie die anderen an. „Und wie kriegen wir Klärchen jetzt zurück?"

Molle und Ben hatten das Schauspiel, weit von den anderen Kindern entfernt, in einer schönen windstillen Mulde zwischen zwei Strandhaferdünen erlebt. Ben entdeckte die wilde Jagd zuerst.

Er stand da, breitbeinig, die Finger in die Schlaufen seiner Latzhosenträger gehakt, und starrte auf die heranpreschenden Reiter wie auf eine Erscheinung im Märchenbuch.

Seine Augen waren noch heller und noch runder als sonst.

„Was ist los, Kleiner?“ fragte Molle träge. Sie streckte sich auf der Jacke, die sie auf dem Sand ausgebreitet hatte, gemütlich aus.

„Schau mal! Molle!“ Bens Stimme überschlug sich vor Aufregung. „Pferde! Ganz viele Pferde!“

Mit einem Satz war Molle aufgesprungen. Die Pferde waren inzwischen auf ein paar hundert Meter herangekommen. Ganz deutlich sah man ein Pferd ohne Trense und Sattel vorangaloppieren, gefolgt von drei Pferden, deren Reiter sich tief über die Hälse beugten und versuchten, ihre Pferde mit der Reitgerte zu noch größerer Schnelligkeit anzutreiben.

Molle riß die Arme hoch. „Das ist ja Klärchen!" schrie sie.

„Wo? Nimm mich auf den Arm! Ich kann nichts sehen!" Ben drängte sich an Molle.

Aber Molle schien ihn gar nicht zu hören. Sie starrte auf die Pferde.

„Kneif mich mal", flüsterte sie.

„Warum soll ich dich kneifen?" jammerte Ben. „Nimm mich auf den Arm! Ich kann nichts sehen!"

„Du sollst mich mal kneifen, damit ich weiß, daß das kein Traum ist."

„Was denn? Was denn? Molle!!!"

Endlich hatte Molle ein Erbarmen. Sie schulterte Ben. Die Pferde waren jetzt fast auf ihrer Höhe. Ganz deutlich konnten sie Klärchens weit ausgriffende Galoppspünge sehen, sie hörten das Trommelfeuer der Hufe auf dem weichen Sandboden, das Schnauben der Pferde, die Schreie der Reiter, die ihre Pferde antrieben.

Und Klärchen flog ihnen davon. Es sah aus, als berührten ihre Hufe überhaupt nicht den Boden. Die Ohren hatte sie gespitzt, die Nüstern gebläht. Der Kopf war weit vorgestreckt, sie lief und lief, wie eine Maschine, präzise und schnell, und mit jedem Meter vergrößerte sich der Abstand zwischen dem Pony und den anderen Pferden.

„Klärchen!!!" brüllte Ben. „Klärchen!!!"

Aber das Pferd hörte ihn nicht. Nur einer der Reiter schaute flüchtig zu ihnen hinüber. Molle konnte ein hochrotes Gesicht unter einem Wust schwarzer Haare erkennen, dann waren sie vorbei.

„Das ist Wahnsinn." Stöhnend ließ Molle Ben wieder auf den Boden. „Hast du in deinem Leben schon mal so etwas gesehen, Ben?"

Ben schüttelte den Kopf. Sein ganzer Körper drückte sein großes Staunen aus. Seine Augen leuchteten. „Klärchen war die Allerschnellste!" erklärte er stolz.

„Das stimmt." Molle versuchte, die Düne zu erklettern,

aber sie rutschte immer wieder ab, und die scharfen Halme des Strandhafers rissen ihre Hände auf. Als sie endlich oben stand, war von den Pferden nichts mehr zu sehen.

„Wie eine Fata Morgana“, sagte sie fassungslos.

„Molle! Was ist eine Fata Morgana?“ Ben zupfte ihren Ärmel.

„Eine Erscheinung.“

„Was ist eine Erscheinung? Du bist gemein, wenn du etwas sagst, das ich nicht verstehe.“ Ben stampfte wütend mit den Beinen. „Ich weiß nicht,was eine Vater Morgana ist.“

Molle lachte. Sie bückte sich und gab Ben einen Kuß. „Eine Fata Morgana ist, wenn man eine Landschaft sieht oder einen See oder einen Brunnen, lauter so Sachen, die es an diesem Ort eigentlich gar nicht gibt. Es kommt durch die Luftspiegelung, weißt du. Wenn die Luft sehr heiß ist und flimmert, in der Wüste zum Beispiel, dann denken die Menschen manchmal, sie sehen eine Oase mit Palmen und Minaretten, aber dabei ist da gar nichts. Nur Wüste.“

„Was ist ein Minarett, Molle?“

Molle raufte sich die Haare. „Das kannst du Peggy fragen. Ich bin doch kein Lexikon! Schau, da kommen die anderen!“

Bimbo kurvte mit ihrem Fahrrad durch den Sand. Peggy und Dany schoben ihre Räder und kamen auch nicht schneller vorwärts. Sie brüllten etwas, aber weil sie gegen den Wind ankämpfen mußten, konnte Molle nichts verstehen.

Ben lief ihnen entgegen. Er stolperte, fiel hin und kugelte die Dünen hinunter, rappelte sich wieder auf und lief weiter, mit den Armen wild gestikulierend.

„Habt ihr sie gesehen?“ Bimbo rannte keuchend die Dünenböschung hinauf. „Habt ihr die Pferde gesehen?“

„Na klar. Wir sind doch nicht blind.“

„Wer waren die Leute? Konntet ihr jemanden erkennen?“

Molle schüttelte den Kopf. „Die waren ja in Nullkommanichts an uns vorbei. Wir haben niemanden erkannt."

„Aber Klärchen war ganz schnell!" rief Ben, „viel schneller als alle anderen!"

Bimbo lachte glücklich. „Ich weiß. Sie ist schnell wie der Wind, auch wenn sie nur ein Pony ist."

„Wenn wir nur wüßten, wer diese Typen waren", murmelte Dany. Er spähte immer wieder den Strand entlang. „Die müssen doch auch mal anhalten und umkehren. Die können doch nicht endlos so weiterrasen."

„Wir haben keine andere Chance: Wir müssen hinterher." Peggy hat sich nach bangen Minuten des Wartens zu dieser Erkenntnis durchgerungen. „Wir können schließlich nicht hier sitzenbleiben, bis Klärchen mal zufällig wieder vorbeikommt."

„Wenn Klärchen überhaupt einen Gedanken hat, dann ist es der: Heim in den Stall." Bimbo versuchte, ihre Nervosität durch Grashalmkauen loszuwerden. Wütend biß sie auf die Halme und spuckte sie in weitem Bogen wieder aus.

„Aber ob Klärchen von hier nach Hause findet?" Molle machte ein skeptisches Gesicht.

„Klar. Wir sind doch diesen Weg jetzt jeden Tag geritten!"

Dany klopfte den Sand von seinen Jeans. „Macht, was ihr wollt. Ich jedenfalls geh den Strand entlang in die Richtung, in der die Pferde verschwunden sind. Die können sich schließlich nicht in Nichts aufgelöst haben."

„Ich komme mit, Dany", beschloß Peggy. „Ich glaub, du hast recht."

„Dann komm ich auch mit." Ben sprang auf die Füße. „Kann ich wieder auf dein Fahrrad, Dany?"

„Klar." Dany strich über Bens Haar. „Ich laß dich doch nicht die ganze Strecke laufen."

Nun entschlossen sich auch Molle und Bimbo, den Strand entlangzugehen.

Inzwischen war der Höhepunkt der Ebbe überschritten, die Flut kam zurück, mit jeder Welle wurde der Strand ein bißchen schmaler. Die Kinder zogen ihre Turnschuhe aus und hängten sie aneinandergeknotet über die Fahrradlenker.

Molle hatte ihre Jacke um die Taille geknotet, weil ihr heiß geworden war. Es war anstrengend, das Rad durch den weichen Sand zu schieben.

Ein Hund kam aus den Dünen heruntergetollt und lief eine Weile fröhlich bellend neben ihnen her. Peggy warf Muscheln ins Meer, die der Hund wieder herauszuholen versuchte. Todesmutig stürzte er sich ins Wasser und paddelte und strampelte, tauchte und schüttelte sich, daß das Wasser aus seinem Fell spritzte. Aber niemals kam er mit einer Muschel zurück.

Als ihm das Spiel zu langweilig wurde, trollte er sich. Dany schaute ihm sehnsüchtig nach. „Das war ein schöner Hund", sagte er. „Ein Hirtenhund. So einen hab' ich mir früher gewünscht. Die sind so sanft und ganz treu."

„Hör bloß auf!" Peggy warf ihrem Bruder einen mahnenden Blick zu. „Auf dem Süderhof gibt es wahrhaft genug Tiere. Onkel Günter und Tante Sonia würden nicht begeistert sein, wenn wir mit einem Hund nach Hause kämen."

„Und wieso nicht?"

„Wegen der Ansteckungsgefahr", erklärte Molle an Peggys Stelle. „Daddy hat gesagt, es kommen zu viele Hunde mit einer ansteckenden Krankheit in die Praxis. Außerdem kann man einen Hund nicht frei auf dem Hof herumlaufen lassen."

Dany dachte noch darüber nach, ob Molle recht hatte, als Ben plötzlich in seinem Kindersitz herumrutschte und rief: „Da! Seht mal da!" Er zeigte nach vorn.

„Ich sehe nichts." Peggy blickte angestrengt in die Richtung, in die der Kleine wies.

„Doch! Ich sehe Pferde!" schrie Ben.

Dany strengte seine Augen an. „Ich glaube, Ben hat recht", murmelte er. „Sieht aus, als ob sie zurückkämen."

„Alle?“ fragte Molle.

Dany wartete noch einen Augenblick. Die Gischt der herandrängenden Flut hatte das ganze Ufer mit einem feinen Schleier von Wassertröpfchen überzogen. Alles sah dunstig und unscharf aus. Und dieses Etwas wurde von Minute zu Minute größer. Und dann sah man auch, daß es mehrere Figuren waren, die herankamen.

„Das sind sie!“ schrie Bimbo. „Das sind sie!“ Sie drehte sich zu Peggy um. „Hoffentlich ist Klärchen nichts passiert!“

Ein paar Minuten später konnten sie es ganz deutlich sehen: Zwei Reiter, die nebeneinander herritten und zwischen sich ein Pferd führten. In einigem Abstand folgte der dritte Reiter.

Die Kinder blieben betroffen stehen. Schweigend warteten sie, bis die Gruppe nähergekommen war. Die Männer ritten nur in einem leichten Arbeitstrab. Die Pferde wirkten erschöpft, ihre Schritte waren schwer und kurz. Der Wind, der vom Meer blies, war kräftiger und auch kälter geworden.

„Ist das euer Pferd?“ Der Reiter, der auf dem Rappen saß, schaute die Kinder an. Er deutete auf Klärchen, die mit zitternden Flanken zum Stehen kam. Peggy stürzte auf Klärchen zu und schlang die Arme um ihren Hals.

Bimbo preßte die Lippen zusammen. Empört schaute sie den Reiter an. „Warum haben Sie mein Pferd so gejagt?“ fragte sie. „Es ist ja total müde. Sehen Sie das nicht?“

Der Mann, ein kleiner Typ, der seine rote Schirmmütze weit in die Stirn gezogen hatte, erwiderte gleichmütig: „Und was ist mit unseren Pferden? Die sind auch müde.“

Bimbo ging zu Klärchen und tätschelte ihr den Rücken. „Warum haben Sie nicht angehalten, dann hätten wir unser Pony zurückgeholt.“

„Na hör mal! Wir waren mitten im Training!“ Er beugte sich etwas vor und musterte Bimbo. „Wie kommst du überhaupt dazu, uns Vorhaltungen zu machen?“

Dany gab Bimbo einen leichten Rippenstoß. „Schon gut“, murmelte er. „Wir wollen keinen Streit.“

In diesem Augenblick erkannte Molle den dritten Reiter. Es war der Cowboy von der Bushaltestelle. Er war etwas zurückgeblieben und hatte sich jetzt erst genähert. Verblüfft starrte der Mann die Kinder an. „Das kann nicht wahr sein!“ rief er aus. „Ihr schon wieder!“

„Es ist nicht verboten, am Strand zu reiten“, sagte Bimbo patzig.

„Aber es ist verboten, ein Pferd ohne Trense frei herumlaufen zu lassen“, erwiderte der Mann. „Euer Pferd wäre uns beinahe vor die Füße gestolpert. Wem von euch gehört das Pony überhaupt?“

„Es gehört mir“, erklärte Bimbo. Als ob sie es verstanden hätte, schob Klärchen zärtlich schnaubend ihren Kopf unter Bimbos Arm.

„Das ist ein schnelles Pferd“, sagte der Mann anerkennend.

Bimbo lächelte geschmeichelt.

„Ein sehr schnelles Pferd.“ Der Mann sprang aus dem Sattel. Er gab einem der anderen Reiter die Zügel und ging auf Bimbo zu. Er streckte ihr die Hand hin. „Ich heiße Bob. Bob Andersen.“

Bimbo nahm zögernd seine Hand. „Und ich heiße Beatrice Brendel.“ Als Dany sich räusperte, zeigte sie auf die anderen Kinder. „Das ist Daniel, mein Cousin, Peggy, meine Cousine, und Manuela, meine Schwester.“

„Und ich heiße Ben!“ schrie Ben.

Bob Andersen zeigte auf die beiden Reiter. „Das sind meine Jockeys. Der mit den schwarzen Haaren ist Peter und der mit der Schirmmütze ist Jacques. Er spricht nur französisch.“

„Oh“, sagte Molle hilflos. Außer „Bonjour“ und „mercie“ konnte sie kein einziges französisches Wort.

Der Franzose grinste. Es schien ihm nichts auszumachen, daß er sich mit kaum jemand unterhalten konnte.

„Wie alt ist dein Pferd?“ fragte Bob. Er ging auf Klärchen zu. Aber das Pony warf den Kopf erschreckt hoch und wich zurück.

„Na! Was ist das denn?“ rief Bob Andersen. Man merkte, daß ihm Klärchens Reaktion nicht gefiel. „Ich tu dir nichts.“

Molle hatte inzwischen die anderen Pferde angeschaut. „Das sind richtige Rennpferde“, meinte sie, „das sieht man.“

Bob Andersen grinste. „Aha. Und woran sieht die junge Lady das?“

„An den trockenen Fesseln“, erklärte Molle. „Und den hohen Beinen.“

„Richtig.“ Bob Andersen grinste. „So hohe Beine und so trockene Fesseln hat euer Pony allerdings nicht.“

„Dafür hat es Araberblut in den Adern!“ rief Peggy triumphierend.

„Und es war schneller als Ihre Pferde!“ fügte Molle hinzu.

Bob Andersen fuhr sich mit den Händen durch die Haare, die schon grau und ziemlich dünn waren. Mit seinem Cowboyhut hatte er jünger ausgesehen.

„Was macht ihr hier am Strand?“ fragte er so beiläufig wie möglich, während er seine Hände über Klärchens Kruppe gleiten ließ und sie an den Hinterbeinen hinunterführte, um die Sehnen zu prüfen. Klärchen hatte kühle, trockene Sehnen. Sie war ein durch und durch gesundes Pferd.

„Wir haben trainiert“, sagte Peggy.

„Trainiert? Also nehmt ihr doch an dem Rennen teil?“ Bob Andersen starrte Peggy neugierig an.

„Natürlich. Wir üben hier jeden Nachmittag.“

Bimbo warf Peggy einen langen Blick zu. Sie hätte lieber gehabt, wenn Peggy nicht so geschwätzig wäre. Irgendein Instinkt sagte ihr, daß es besser wäre, diesem Mann nicht alles zu erzählen.

Er wirkte einfach zu neugierig.

Irgend etwas führte der im Schilde.

Bimbo konnte sich nur nicht vorstellen, was es war...

„Sieh mal an. Ihr wollt an dem Rennen teilnehmen." Bob gab Klärchen einen Klaps auf das Hinterteil, daß sie erschrocken zur Seite sprang. „Das ist interessant. Sehr interessant."

„Sie wollen doch auch mitmachen", sagte Bimbo trotzig. „Was ist denn daran so interessant?"

Peter, der immer noch im Sattel saß, grinste. Aber er machte den Mund nicht auf, um etwas zu sagen.

Bob ging vorn um Klärchen herum und schob sachkundig ihre Augenlider hoch, um ihr in die Iris zu schauen. Klärchen hatte klare, gesunde Augen. Bimbo wußte das, und die anderen Kinder wußten es auch. Jetzt wußte es auch Bob Andersen. Er holte tief Luft, steckte die Hände in die Taschen seiner Reithosen und schaute Bimbo an.

„Wieviel?"

„Was?" Staunend riß Bimbo den Mund auf.

„Ich sagte: wieviel?"

Bimbo verstand nicht. „Was wollen Sie eigentlich?"

Dany gab Bimbo einen Rippenstoß. „Er will dein Pferd kaufen, glaube ich."

Bob Andersen nickte Dany anerkennend zu. „Du bist gar nicht dumm, Junge."

Bimbo, nach einem Augenblick ungläubigen Staunens, brach in schallendes Gelächter aus. „Hast du das gehört, Molle? Habt ihr das gehört?" Sie rannte von einem zum anderen. „Der will unser Pferd kaufen!" Sie hielt sich den Bauch, als müsse sie gegen einen neuen Lachanfall ankämpfen.

Bob Andersen runzelte die Stirn. „Was ist daran so komisch?" fragte er.

Bimbo wirbelte zu ihm herum. „Ich verkaufe mein Pferd nicht. Niemals im Leben würde ich mein Pferd verkaufen. Für keinen Preis."

Bob blieb ungerührt. „Warte doch erst mal, bis wir über Geld geredet haben."

„Ich verkaufe es nicht. Hören Sie schlecht?" Bimbos Gesicht glühte. Sie starrte den Cowboy zornig an. „Sie glauben wohl, man kann im Leben alles kaufen?"

Der Cowboy verzog keine Miene. „So ziemlich alles. Es ist nur eine Frage des Preises."

„Aber mein Pferd kann man nicht kaufen! Niemand kann das!"

Bob Andersen nickte. Gelassen ging er zu seinem Pferd zurück und schwang sich in den Sattel. Er gab den anderen ein Zeichen.

„Los. Reiten wir zurück. Es ist schon spät."

Peter und der Franzose lächelten den Kindern freundlich zu, aber Bob Andersen schenkte ihnen keinen Blick mehr. Die Reiter gaben ihren Pferden die Sporen und im nächsten Augenblick galoppierten sie über den Strand davon.

Die Flut stieg immer höher. Eine Weile waren die Kinder ganz still. Dann schlug Bimbo ihre Arme um den Körper. „Mir ist kalt", murmelte sie. „Irgendwie ist mir plötzlich ganz kalt."

„Das kommt vom Wind." Dany zog seine Jacke aus. „Willst du sie?" fragte er fürsorglich.

Bimbo schaute ihn an. Dann lächelte sie. „Danke", erwiderte sie leise, „aber ich glaube, mir ist nur von innen kalt. Ach, ich weiß auch nicht, was ich habe." Sie schaute Peggy an. „Kann ich Klärchen zurückreiten?"

„Aber klar doch. Keine Frage. Ich leg ihr nur noch kurz die Trense wieder an." Als Peggy fertig war reichte sie Bimbo hastig Klärchens Zügel. „Ich nehm dann dein Fahrrad."

„Okay." Bimbo schwang sich auf Klärchens Rücken. Die anderen Kinder standen um sie herum. Niemandem fiel etwas ein. Bimbo legte ihren Kopf auf Klärchens Hals und umschlang sie mit den Armen. „Keine Angst, ich geb dich nicht her", flüsterte sie. „Um keinen Preis der Welt."

9. Kapitel

Bimbo und Molle lagen schon im Bett. Es war fast zehn Uhr abends. Molle hatte die Kopfhörer aufgestülpt und hörte Musik. Bimbo lernte im Schein ihrer Nachttischlampe Algebraformeln. Am nächsten Tag sollte eine Mathearbeit geschrieben werden. Molle hatte die Augen geschlossen und summte die Melodie leise mit. Die Ringelsocken, die sie abends immer im Bett trug, lugten unter ihrer Bettdecke hervor. Molle betrachtete ihre Füße. Sie dachte an gar nichts. Es war schön, einfach so im Bett zu liegen, Musik zu hören und Ringelstrümpfe anzuschauen.

Bimbo lernte mit gerunzelter Stirn. Manchmal stöhnte sie und fuhr mit den Händen durch die Locken. Bimbo haßte Mathe.

Plötzlich öffnete sich vorsichtig die Tür. Dr. Brendel steckte den Kopf herein. „Schlaft ihr schon?" flüsterte er.

Sofort ließ Bimbo das Mathebuch sinken. „Keine Spur. Ich pauke für die Schule."

Dr. Brendel lächelte. Er deutete zu Molle hinüber. „Und sie?"

„Hört mal wieder ihr Lieblingsband. Jeden Abend die gleiche Kassette. Nicht zu fassen."

„Ich wollt nur kurz gute Nacht sagen." Günter Brendel setzte sich auf Bimbos Bettkante.

„Nett von dir, Daddy. Ist irgend etwas?"

„Wieso? Was soll sein?"

„Keine Ahnung. Ich dachte nur, weil du sonst nie noch mal zu uns ins Zimmer kommst, um gute Nacht zu sagen."

Der Vater von Bimbo und Molle lächelte verlegen. „Stimmt. Das hab ich mir irgendwann abgewöhnt. Ihr seid schon so erwachsen. Außerdem sagen wir uns ja unten im Wohnzimmer immer gute Nacht."

„Eben."

Bimbo klemmte ihre Finger zwischen die Buchseiten. Sie

rutschte ein Stückchen weiter an die Wand. „Sag schon, was ist los, Daddy“, begann sie, nachdem sie ihren Vater aufmerksam angesehen hatte.

Dr. Brendel schaute auf seine Hände, dann auf Bimbo, dann wieder auf seine Hände. „Ich hatte da eben einen merkwürdigen Anruf“, erzählte er zögernd. „Ich weiß gar nicht, ob ich mit dir darüber reden soll.“

Molle hatte jetzt erst gemerkt, daß ihr Vater ins Zimmer gekommen war. Sie riß sich die Kopfhörer ab. „Hab ich was verpaßt?“ fragte sie neugierig.

„Psst!“ Bimbo legte die Finger an die Lippen. „Daddy will gerade was erzählen.“

„Tja... eh... also... eben hatte ich einen merkwürdigen Anruf.“

„Das hast du bereits gesagt, Daddy.“ Ungeduldig setzte Bimbo sich auf. „Und weiter? Wer hat angerufen?“

„Ein gewisser Bob Andersen.“

„Nein!“ Dieser Überraschungsruf kam von Molle und Bimbo gleichzeitig. Sie starrten sich an.

„Wieso? Ihr kennt den?“ fragte Dr. Brendel überrascht.

„Und ob!“

Bimbo lehnte sich zurück und schloß die Augen. „Dann weiß ich auch, was er wollte. Er hat dir gesagt, daß er Klärchen kaufen will.“ Sie riß die Augen wieder auf. „Stimmt's?“

„Haargenau. Ich war so überrascht“, Dr. Brendel seufzte, „daß ich im ersten Augenblick wahrscheinlich falsch reagiert habe.“

„Was hast du gesagt?“ schrie Bimbo. „Was hast du ihm gesagt, Daddy?“

Dr. Brendel seufzte noch einmal. Er sah seine Tochter an, als wolle er sich bei ihr entschuldigen. „Ich habe gesagt, man kann über alles reden.“

Bimbo starrte ihren Vater an. Dann schaute sie zu Molle, die sprachlos vor Entsetzen war.

„Nein!“ flüsterte Bimbo verzweifelt. „Das kannst du

nicht gesagt haben, Daddy! Das kannst du nicht gesagt haben! Klärchen gehört mir! Klärchen ist mein Pferd!“

Dr. Brendel nickte. Er verknotete seine Finger. Das machte er immer, wenn er sich unwohl fühlte.

„Es ist möglich, daß uns dieser Mann eine ganze Menge Geld bietet, Bimbo.“

„Ja, und?“ Molle sprang aus dem Bett.

„Dieses Geld könnten wir vielleicht gut gebrauchen.“ Günter Brendel zögerte. „Ich rede heute abend mit euch darüber, weil ich nicht möchte, daß Peggy und Dany über dieses Gespräch etwas erfahren. Ihr seid inzwischen alt genug, um das zu verstehen, hoffe ich.“

Bimbo sah ihren Vater stumm an. Ihr Herz schlug zum Zerspringen. Sie hatte plötzlich so ein komisches Gefühl.

In ihrem Magen krampfte sich etwas zusammen, wurde schwer wie ein Stein...

„Ich hör dir zu, Daddy", murmelte sie.

„Wir sind ein großer Haushalt geworden. Und ein großer Haushalt kostet einfach mehr Geld. Natürlich freuen wir uns, daß Peggy, Dany und Ben da sind, und wir haben euch alle schrecklich lieb. Aber als Tierarzt ist man kein Millionär, und das Buch, das eure Mami geschrieben hat, ist leider auch nicht so erfolgreich geworden, wie wir dachten. Um es kurz zu machen: Manchmal gibt es im Leben Angebote, die man nicht ausschlagen kann."

„Nein!" flüsterte Molle. „Das kannst du nicht machen, Daddy. Das bricht Bimbo das Herz."

Bimbo sagte nichts. Sie war kreidebleich. Sie nahm das Kopfkissen und drückte ihr Gesicht hinein. Dann zog sie die Knie an den Bauch und drehte sich zur Wand. Ihr Körper zuckte.

„Weinst du, Baby?" fragte Dr. Brendel besorgt. Er legte seine Hand auf ihren zuckenden Rücken.

Unter dem Kissen klang ein dumpfes Stöhnen hervor. „Laß mich!"

„Okay. Ich laß euch jetzt allein." Er warf Molle einen besorgten, ängstlichen Blick zu. „Das letzte Wort in dieser Sache ist ja noch nicht gesprochen. Wer weiß, vielleicht meldet sich der Mann morgen ja auch gar nicht mehr."

„Um wieviel Uhr kommt er?"

„Drei Uhr nachmittags." Dr. Brendel ging zur Tür. Sanft zog er sie hinter sich zu.

Molle sprang in Bimbos Bett. „He! Dreh dich um! Dreh dich um, Bimbo!"

„Ich will nicht." Dumpf klang es aus den Kissen.

„Doch! Wir müssen miteinander reden. Dreh dich um!"

Zögernd schälte Bimbo sich aus den Bettlaken, in die sie sich eingerollt hatte. Mit tränenüberströmten Gesicht schaute sie ihre Schwester an.

„Daddy tut mir leid", meinte Molle. „Bestimmt war es

für ihn schwer, mit uns darüber zu reden. Ich hab gedacht, er fängt auch gleich an zu weinen."

„Ach, dir tun immerzu alle Menschen leid! Wieso tut Klärchen dir nicht zur Abwechslung mal leid? Oder ich?"

Molle umarmte ihre Schwester. „Du tust mir ja leid", sagte sie zärtlich. „Und Klärchen tut mir auch leid. Aber wenn es wirklich so ist, daß Daddy und Mami Geld brauchen... ich hab da vorher nie darüber nachgedacht, daß fünf Kinder ganz schön teuer sind."

Bimbo schneuzte sich. „So was müssen Eltern sich vorher überlegen!"

„Das ist nicht dein Ernst!" Molle zog sich von ihrer Schwester zurück. „Du weißt genau, wie Dany und Peggy und Ben zu uns gekommen sind. Hast du das etwa vergessen?"

Bimbo schüttelte den Kopf. Im gleichen Augenblick hatte sie ein schlechtes Gewissen. Es war wirklich unfair, so etwas zu sagen. Danys Eltern waren doch bei einem Flugzeugabsturz ums Leben gekommen, und außer Bimbos Eltern war niemand da, der sich um die Kinder kümmern konnte.

„Sonst hätten sie in ein Heim gemußt!" flüsterte Molle. „Stell dir das mal vor!"

Bimbo starrte an die Zimmerdecke. Eine ganze Weile sagte keiner ein Wort.

Plötzlich drehte Bimbo ihren Kopf zu Molle. Ganz langsam sagte sie: „Der Sieger des Rennens bekommt fünftausend Mark..."

Molle schnappte nach Luft. „Du glaubst doch nicht im Ernst, daß Klärchen tatsächlich gewinnt?"

Bimbo richtete sich auf. Sie schüttelte ihre Lockenpracht, bis die Haare um ihren Kopf standen wie bei einem Rauschgoldengel.

„Warum nicht?" fragte sie kampfeslustig. „Heute nachmittag jedenfalls ist Klärchen den anderen Pferden davongelaufen. Und wie!"

„Da war sie auch ohne Reiter und ohne Sattel", entgegnete Molle.

„Sie schafft es auch, wenn sie geritten wird."

„Du darfst dir so was nicht einreden!" warnte Molle. „Ich dachte, du machst einfach nur aus Spaß mit!"

„Das habe ich bis eben auch gedacht." Grimmig ballte Bimbo ihre Fäuste. „Aber manchmal wird aus Spaß eben Ernst."

Sie sprang aus dem Bett und trat ans Fenster. Draußen war es inzwischen ganz dunkel geworden. Die Sterne funkelten.

„Molle", sagte Bimbo. „Wir müssen dieses Rennen gewinnen. Wir müssen."

Während der Mathearbeit am nächsten Morgen war Bimbo so unkonzentriert, daß sie keine einzige Aufgabe lösen konnte. Der Lehrer, der zwischen den Tischen hin und herwanderte und immer wieder prüfende Blicke auf die Arbeiten der Schüler warf, blieb schließlich neben Bimbo stehen. Er tippte auf die Aufgabe Nr. 3 und sagte: „Aber das hast du schon besser gekonnt, Beatrice."

Bimbo schaute erschrocken auf.

„Was? Ist das falsch?"

Der Lehrer hob lächelnd die Schulter. „Ich überlasse es dir, darüber nachzudenken. Es ist doch eine ganz leichte Aufgabe. Du mußt sie dir nur noch einmal genau durchlesen."

Bimbo nickte. Auf ihrer Stirn entstand eine steile Falte, wie immer, wenn sie sich konzentrierte. Sie las die Aufgabe noch einmal genau durch. „Wenn man die Wurzel aus einer unendlichen Zahl zieht und mit dem Faktor Pi multipliziert..."

Vor ihren Augen verschwamm der Text, und ein anderes Bild schob sich davor: Klärchen, ohne Trense und Sattel, mit wehender Mähne und weit vorgerecktem Hals, wie sie mit weitausholenden Sprüngen am schäumenden Saum des

Meeres dahinraste, und in Bimbos Ohren rauschte der Jubel von vielen tausend Zuschauern, die immerzu riefen: „Klärchen!!!!!"

Bimbo riß sich zusammen. Sie las die Aufgabe zum zehnten Mal durch. „Wenn man die Wurzel aus einer unendlichen Zahl zieht und mit dem Faktor Pi multipliziert..."

Sie zerknüllte den Zettel in ihren Händen. Ihre Handflächen waren ganz feucht. Tränen schossen in ihre Augen. Sie legte den Kopf auf die Tischplatte und begann zu weinen.

Sofort war der Lehrer bei ihr. „Was ist, Beatrice? Geht es dir nicht gut?" Er legte seine Hand auf ihre Schulter. „Möchtest du einen Augenblick rausgehen?"

Bimbo nickte. Sie suchte in ihrer Jeanstasche nach einem Papiertaschentuch und schneuzte sich. „Entschuldigung", murmelte sie. „ich bin ein bißchen durcheinander."

Der Lehrer rief einem Jungen, der am Fenster saß, zu: „Bitte, öffne das Fenster, Ingo! Hier ist ja auch eine entsetzliche Luft."

Als Bimbo sich wieder aufrichtete, schaute er sie besorgt an. „Besser?"

Bimbo lächelte tapfer. „Geht schon wieder", sagte sie. „Kann ich noch einmal den Zettel mit der ditten Aufgabe haben?"

Der Lehrer ging nach vorn.

„He!" Dany warf ihr von hinten einen Radiergummi an den Kopf.

„Was ist los? Was hast du? Krank?"

Bimbo drehte sich flüchtig um. „Ich erzähl's dir später!" flüsterte sie.

Nach der Stunde sammelte der Lehrer die Arbeiten ein. Dany sprang sofort auf und lief zu Bimbo. „Was war denn los? Die Arbeit war doch babyleicht. Alles Aufgaben, die wir hundertmal in der Schule durchgekaut haben."

Bimbo hob die Schultern. „Kann sein. Ich konnte mich

einfach nicht konzentrieren. Das ist alles. Ich schätze, ich habe die Arbeit total verhauen. Wenn es hoch kommt, krieg ich vier Punkte."

„Mist", brummte Dany. „Ich hätte dir gerne geholfen, ich hab ja gemerkt, wie du dich geplagt hast. Aber der Lehrer hat mich immerzu beobachtet, als wenn er geahnt hätte, daß ich dir die Lösungen zuschmuggeln wollte."

„Danke." Bimbo lächelte. „Du bist wirklich nett. Aber eine schlechte Arbeit kann ich verkraften, ohne daß meine Note gleich erdrutschartig nach unten saust."

„Also. Was war los? Was hast du? Du machst ein total trauriges Gesicht. Heute morgen beim Frühstück wollte ich dich schon fragen, aber Molle hat gesagt, ich soll dich in Ruhe lassen."

„Hat sie das gesagt?"

„Ja. Irgend etwas ist gestern passiert. Stimmt's?"

Bimbo nickte. Sie schluckte, streifte die Haare aus dem Gesicht und starrte zum Fenster. „Daddy will Klärchen verkaufen", sagte sie traurig.

„Was?" Dany wurde ganz blaß. „Das gibt's doch nicht. So was macht dein Daddy doch nicht. Ich meine, Onkel Günter weiß doch genau, daß du..."

„Es ist ja nicht wirklich mein Pferd, Dany", antwortete Bimbo müde. „Es gehört natürlich meinem Daddy. Er hat es gekauft, und er zahlt ja für alles, das Stroh, den Hafer, die Weideplätze. Er hat die Trense und den Sattel gekauft und mein Reitzeug..." Sie hob die Schultern. „Das ist mir heute nacht erst richtig klar geworden. Eigentlich besitze ich gar nichts. Klärchen gehört mir sozusagen nur symbolisch."

Dany preßte die Lippen zusammen. „Ich versteh das nicht", murmelte er. „Ausgerechnet jetzt, ausgerechnet jetzt, wo wir die Pläne mit dem Rennen haben..."

„Das ist es ja. Dieser Cowboytyp von gestern, weißt du, der hat Daddy angerufen. Er will Klärchen kaufen. Ich hab das Gefühl, der zahlt jeden Preis."

Dany schwieg. Die anderen Kinder hatten inzwischen das Klassenzimmer verlassen, aber Bimbo und Dany hatten es überhaupt nicht gemerkt. Vom Schulhof her schollen lautes Stimmengewirr, das Klingeln von Fahrrädern und das Hupen des Schulbusses zu ihnen herauf.

„Weiß es Peggy schon?" Dany sah Bimbo forschend an.

Bimbo schüttelte den Kopf. „Ich weiß es ja auch erst seit gestern abend."

„Das wird Peggy umwerfen", murmelte Dany.

„Mich wirft es auch um", sagte Bimbo. Sie seufzte. Der Seufzer kam ganz tief aus ihrem Herzen. „Es ist eine Katastrophe. Ich weiß nicht, was wir machen sollen."

„Komm, wir gehen auf den Schulhof, Luft schnappen."

Dany legte Bimbo den Arm um die Schulter. „Ich hab dir noch gar nicht gesagt, wie unheimlich toll und fair ich es von dir finde, daß du Peggy bei dem Rennen reiten lassen wolltest. Wirklich", er suchte nach Worten, „ich war total begeistert, als Peggy es mir erzählte."

Bimbo lächelte. „Peggy macht das bestimmt sogar besser als ich. Sie sitzt ja auf dem Pferd, als wäre sie mit ihm verwachsen."

„Das habe ich auch gesehen. Und Peggy ist so glücklich. Du kannst dir das gar nicht vorstellen, die redet von nichts anderem mehr. Abends beim Einschlafen und morgens beim Aufwachen: Immer hat sie Klärchen und das Rennen im Kopf.

Die beiden stiegen die Treppen hinunter. Als sie auf den Schulhof traten, kam ihnen Peggy entgegen. „Da seid ihr ja endlich!" rief sie. „Ich hab mir schon die Augen ausgeguckt. Wie war die Mathearbeit?"

„Schlecht. Ich hab sie verhauen."

Peggys Augen wurden vor Mitleid ganz dunkel. „Dabei hast du doch alles verstanden, als Dany es dir erklärt hat."

Bimbo sah Dany an. „Sag es ihr", sagte sie.

Dany räusperte sich. „Also, Schwesterherz, hör zu: Es gibt ein Problem."

Alarmiert sah Peggy von einem zum anderen.

„Onkel Günter will Klärchen verkaufen."

„Vielleicht", fügte Bimbo hinzu.

„Ja. Vielleicht. Wenn das Angebot, das dieser Cowboy macht, hoch genug ist."

„Der Cowboy?" schrie Peggy. „Der schon am Strand gesagt hat, daß er Klärchen kaufen will? Das gibt es doch gar nicht! Das wird Onkel Günter niemals tun! Klärchen ist doch Bimbos Pferd!"

Sie schüttelte Bimbo. „Das kannst du nicht zulassen!"

Bimbo hob hilflos die Schultern. „Daddy sagt, manchmal gibt es Angebote, die man nicht ausschlagen kann. Daddy ist schließlich nicht reich. Er arbeitet immerzu, und trotzdem haben wir nie genug Geld."

Peggy schwieg betroffen. Mit gesenkten Köpfen gingen die Kinder nebeneinander her.

Plötzlich sagte Peggy vorsichtig: „Glaubst du, er würde mehr als fünftausend bieten?"

Dany sah seine Schwester überrascht an. „Was willst du damit sagen?"

„Ich will damit sagen: Wenn wir das Rennen gewinnen würden, dann hätten wir auch Geld. Das könnten wir Onkel Günter geben." Sie lachte. „Ich weiß, es klingt verrückt, aber es wäre doch irre, oder? Wir gewinnen das Geld, und das bekommen dann Onkel Günter und Tante Sonia, und Klärchen bleibt bis an ihr Lebensende auf dem Süderhof."

„Du träumst", meinte Dany.

Bimbo wirbelte herum. Ihre Augen glühten. „Wieso träumt Peggy? Wieso?"

„Klärchen ist schnell wie der Wind", rief Peggy, die sich immer mehr ereiferte. „Das haben wir gestern gesehen."

„Und dieser blöde Cowboy würde doch niemals so viel Geld bieten, wenn er nicht genau wüßte, daß Klärchen ein tolles Pferd ist."

„Sie ist mit ihren 8 Jahren für ein Rennpferd schon zu alt, hat Onkel Günter gesagt", gab Dany zu bedenken.

„Aber nicht zu alt, um mit ihr zu züchten. Viele Fohlen könnte sie bekommen, die alle einmal tolle Reitpferde werden", erklärte Bimbo. Sie holte tief Luft. „Das ist es. Er will sie für die Zucht."

Peggy blieb stehen. Sie sah Bimbo eindringlich an. „Wir müssen deinen Vater dazu bringen, daß er Klärchen keinesfalls vor dem Rennen verkauft! Das müßten wir schaffen."

„Aber wie?" Bimbo hob die Schultern. „Wenn der Typ heute nachmittag kommt und einen Scheck ausschreibt, und wenn der Scheck hoch genug ist... ich weiß nicht. Ich könnte meinem Daddy ja nicht einmal böse sein. Ich glaube, er findet es selber schlimm genug. Molle hat schon recht."

„Womit hat Molle recht?"

„Sie hat gesagt: Daddy tut mir leid. Wie schwer so eine Entscheidung für Daddy sein muß. Gestern hat mich das noch wütend gemacht. Aber heute versteh ich es."

Peggy umarmte ihre Cousine. „Gleich nach der Schule reden wir mit deinem Vater, ja?"

Dany schaute auf die Uhr. „Noch zwei Stunden. Nur noch zwei Stunden, dann entscheidet es sich."

„Daddy? Wir müssen mit dir reden." Die Kinder standen im Arbeitszimmer von Dr. Brendel. Er saß an seinem Schreibtisch über ein medizinisches Gutachten gebeugt. Er wirkte zerstreut und unglücklich. Langsam drehte er den Schreibtischstuhl herum. Er lächelte müde. „Na? Was habt ihr denn auf dem Herzen?"

„Es geht um Klärchen", begann Bimbo mit fester Stimme.

„Das habe ich mir gedacht."

Molle trat einen Schritt vor. „Daddy, wir möchten dir einen Vorschlag machen. Aber du darfst nicht wütend werden."

„Ich werde mir Mühe geben. So schrecklich oft bin ich ja noch nicht wütend geworden, oder?"

Molle lief auf ihn zu und gab ihm einen Kuß. „Wir haben dich lieb, Daddy“, flüsterte sie, ganz überwältigt von ihren Gefühlen. „Und es tut uns auch entsetzlich leid, das mit dem Geld und daß fünf Kinder so teuer sind, überhaupt...“

Dr. Brendel schob Molle sanft von sich. „Du kennst unsere Abmachung, Molle“, erinnerte er sie ernst.

Molle wurde rot. „So meine ich das nicht... ich wollte ja auch etwas anderes sagen... ich meine, ich wollte sagen... wir verstehen ja, daß man ein gutes Angebot nicht ausschlagen kann...“

Bimbo schob ihre Schwester zur Seite. „Daddy“, sagte sie, nachdem sie tief Luft geholt hatte. „Wir möchten dir einen Vorschlag machen. Wir möchten noch zwei Monate Zeit.“

„Zwei Monate?“ Dr. Brendel sah verständnislos von einem zum anderen.

„Wofür? Worum geht es überhaupt?“

„Um Klärchen. Wir möchten das Rennen mitmachen. Und dann erst sollst du entscheiden, ob du Klärchen verkaufen willst oder nicht.“

Dr. Brendel seufzte. „Aber in zwei Monaten wird sich vielleicht kein Käufer mehr finden! Um ehrlich zu sein: es ist das erste Mal, daß sich jemand für Klärchen derart interessiert, daß er sie kaufen will. Ich hatte nie geglaubt, daß so etwas passieren könnte. Und dieser Bob Andersen scheint wirklich ganz wild darauf zu sein.“

„Er weiß eben, wie gut das Pferd ist.“ Bimbo schaute ihren Vater eindringlich an. „Daddy, wir meinen, daß wir das Rennen gewinnen können.“

Der Vater machte ein verblüfftes Gesicht. Dann blickte er die Kinder ungläubig an. Für ihn als Tierarzt sprach zu viel dagegen, daß aus einem Pony, das für die Kinder bis dahin nur eine Art Spielkamerad gewesen war, ein Rennpferd werden könnte.

In das nachdenkliche Schweigen hinein sagte Peggy:

„Gestern ist Klärchen mit drei Rennpferden von diesem Bob Andersen um die Wette gelaufen. Ganz zufällig. Unten am Strand.“

Dr. Brendel hörte aufmerksam zu. „Und?“

„Sie hat gewonnen“, antwortete Peggy ruhig. „Um Längen.“

„Aha.“ Dr. Brendel beugte sich vor. Aber er war immer noch skeptisch. „Daher also das plötzliche Interesse dieses Herrn Andersen.“

„Daddy, Klärchen ist gut! Klärchen ist besser, als wir je gedacht haben! Sie hat Araberblut in den Adern, vergiß das nicht!“

Günter Brendel sah von einem Kind zum anderen. Langsam nickte er. „Okay“, sagte er. „Okay. Wenn ich euch so ansehe, merke ich, daß ich gar keine andere Wahl habe. Ihr wollt also unbedingt dieses Rennen mitreiten?“

„Unbedingt“, bestätigte Bimbo.

„Und ihr rechnet euch wirklich eine Chance aus?“

Molle trat einen Schritt vor. „Daddy, Klärchen hat echt eine Chance! Du hättest sie gestern mal sehen sollen!“

Der Tierarzt gab sich einen Ruck. „Ich glaube euch ja. Ich weiß doch, daß ihr für euer Alter schon viel von Pferden versteht. Vielleicht hat Klärchen tatsächlich eine Chance. Sie ist vielleicht das einzige Pferd, das an diesen Sandboden gewöhnt ist. Und an den Wind. Tja, nichts ist unmöglich...“

Er versank wieder in nachdenkliches Schweigen.

„Wir könnten fünftausend Mark gewinnen, Daddy.“ Bimbos Stimme wurde immer fröhlicher. Sie merkte, daß ihr Vater allmählich auf ihrer Seite war. „Fünftausend Mark sind eine Menge Geld, Daddy!“

Dr. Brendel lächelte. „Stimmt, davon könnte ich eine automatische Tränke im Stall bauen lassen...“

Bimbo flog ihrem Vater an den Hals. „Sagst du also ja? Sag ja, Daddy, bitte, bitte, sag ja, und du bist der beste Daddy der Welt.“

Ihr Vater lächelte verlegen. „Ich dachte, das bin ich sowieso.“ Er gab Bimbo einen Kuß. „Also gut. Warten wir das Rennen noch ab. So schlecht geht es uns schließlich finanziell auch nicht. Das Risiko können wir eingehen.“

„Hurra!!!! Wir haben es geschafft!!!!!“ Die Kinder stürmten, sich gegenseitig in die Arme fallend und nebeneinander herstolpernd wie ein Rudel junger Welpen, auf den Hof.

Plötzlich blieben sie wie angewurzelt stehen. Mitten auf dem Hofplatz stand, breitbeinig, in Reithosen und Cowboyhut, Bob Andersen. Er schob die Hutkrempe mit dem Stil der Reitgerte aus der Stirn.

„Wo ist euer Vater?“ fragte er. „Ich habe eine Verabredung mit ihm.“

„In der Praxis.“ Dany zeigte auf die Tür.

Sie sahen, wie der Cowboy in dem Haus verschwand. Eine Weile blieben sie stumm stehen und starrten auf die Tür, die hinter ihm ins Schloß gefallen war.

„Schade“, sagte Bimbo. „Ich würde gerne Mäuschen spielen.“

Dany zog Bimbo mit sich fort. „Dein Daddy braucht uns jetzt nicht. Ich vertraue ihm.“

„Ich auch.“ Peggy lächelte. „Er ist einfach toll, finde ich.“

„Er hat es verdient, daß Klärchen gewinnt“, meinte Molle. „Er hat es wirklich verdient. Wann wird heute trainiert?“

Bimbo schaute in den Himmel. Die Sonne stand beinahe senkrecht. „Jetzt ist es noch zu heiß: In drei Stunden kann’s losgehen.“

10. Kapitel

Drei Wochen später bauten sie die ersten Hindernisse am Strand auf. Kalle, der Pferdepfleger vom Süderhof, schleppte die Oxer, die er beim Reit- und Fahrverein Husum ausgeliehen hatte, mit dem Traktor an den Strand.

„Dat geit över miene Hutschnur", murmelte er kopfschüttelnd, während er die Anweisungen von Dr. Brendel befolgte.

Der Tierarzt hatte einen Tag, nachdem er das Gespräch mit Bob Andersen geführt hatte, zum ersten Mal das Training am Strand beobachtet.

Und noch am gleichen Nachmittag hatte er gesagt: „Womöglich habt ihr recht. Dieses Pferd hat einen Rennkopf. Dem macht das Laufen ganz einfach Spaß."

Und von dem Augenblick an hatte auch ihn der Ehrgeiz gepackt. Das Futter wurde noch sorgfältiger zusammengestellt, jeden Tag untersuchte Dr. Brendel die Fesseln und die Hufe des Pferdes, und regelmäßig hörte er Herz und Lungen ab.

„Die hat ein Herz wie ein Hochleistungssportler", meinte er fassungslos. „Als Tierarzt bekommt man selten ein Pferd zu Gesicht, das so gut in Form ist."

„Alles unsere Pflege." Bimbo lachte fröhlich.

Klärchen schien es zu genießen, daß sie im Mittelpunkt stand. Ihre Augen waren ganz lebendig, und sie verfolgte voller Aufmerksamkeit, was um sie herum geschah. Mittags, wenn die Kinder direkt von der Schule mit ihren Fahrrädern auf den Stall zukurvten, steckte sie immer noch ungeduldig den Kopf aus der Box und wieherte, als wollte sie sagen: „Na, da seid ihr ja endlich!"

Mit geblähten Nüstern trabte sie dann die vertrauten Wege zum Strand hinunter und tänzelte unruhig am Start, bis Ben endlich mit der Spielzeugpistole das erlösende Zeichen gab. Sofort spannte sie sich wie eine Feder und, getrieben von Peggys anfeuernden Rufen, flog sie über den Strand davon... Es war eine Freude, das Pferd galoppieren zu sehen, mit wehender Mähne, gestreckt und kraftvoll.

Kalle rieb sich immer wieder verwundert die Augen. „Dat soll mien Klärchen sin?“ fragte er verblüfft. „Ick gloob, dat is’n Derby-Pferd!“

Zwei Wochen vor dem Rennen kamen in einem dicken braunen Umschlag die Teilnahmebedingungen. Mit hochroten Köpfen beugten sich die Kinder über die Papiere.

„Wir dürfen keinen Fehler machen!“ schärfte Bimbo den anderen ein. „Wir müssen alles haarklein beachten, das Gewicht des Sattels, das Gewicht des Reiters, die Beschaffenheit der Trense. Sonst disqualifizieren sie uns schon vor dem Start.“

Dr. Brendel fuhr selbst nach Braderup, um die Anmeldung abzugeben.

„Peggy Brendel auf Klärchen, Stute, braun, achtjährig“, trug er ein. Peggy bekam vor Stolz einen hochroten Kopf, als sie ihren Namen auf der Teilnehmerliste sah.

„Jetzt wird es ernst“, sagte Dr. Brendel. „Jetzt könnt ihr nicht mehr zurück.“

„Hast du auch wirklich keine Angst, Kind?“ fragte Sonia Brendel jeden Tag aufs neue. „Wenn du Angst hast, kannst du es sagen. Natürlich können wir immer noch absagen.“

„Aber ich habe keine Angst!“ protestierte Peggy.

Sonia Brendel sah sie bewundernd an. „Du bist ein tapferes Mädchen.“

„Sie ist nicht tapfer, sondern begabt“, fügte Dr. Brendel hinzu. Bimbo beugte sich über ihren Teller. Manchmal gab es in ihrem Herzen doch einen kleinen Stich, wenn sie daran dachte, wie es wäre, wenn sie als Reiterin auf der Liste stünde. Aber gerade rechtzeitig fiel ihr ein, daß sie für ihren Verzicht Peggys ewige Freundschaft eingetauscht hatte. Und das war schließlich mehr als so ein kurzer flüchtiger Ruhm, sagte sie sich...

Dann kam der Vortag des Rennens.

Als Peggy morgens aus dem Bett sprang und die Rollos vor dem Fenster hochschnappen ließ, schrie sie entsetzt auf.

„Was ist los?" Schläfrig schaute Dany ins Zimmer.

„Es regnet! Es gießt in Strömen!" Peggy starrte verzweifelt in einen wolkenverhangenen Himmel. „Und Klärchen haßt es doch, wenn sie naß wird."

„Liebstes Schwesterchen." Dany richtete sich auf und rubbelte seine zerzausten Haare. „Darf ich dich daran erinnern, daß das Rennen erst morgen stattfindet? Wieso soll es vierundzwanzig Stunden lang regnen? Ein kleiner Sturm, und schon sind alle Wolken weggepustet."

„Bist du wahnsinnig?" Peggy stürzte sich auf ihren Bruder und traktierte ihn mit Fäusten. „Ein Sturm? Glaubst du, Klärchen kann im Sturm über vierzehn Hindernisse springen? Das kostet sie doch viel zu viel Kraft."

„Okay, ich mein ja auch keinen Sturm, sondern eine kleine frische Nordseebrise." Dany hielt seine Schwester an den Handgelenken fest. „Außerdem benimmt sich ein weiblicher Jockey nicht so wie du."

„Wieso? Wie benehme ich mich denn?"

„Wie eine Furie."

Peggy wich zurück. Sie lachte. „Okay. Ich bin wieder ganz ruhig. Aber trotzdem ist es blöd, daß es heute so regnet. Wo wir den letzten, wichtigen Trainingstag haben."

Aber aus dem Trainingstag wurde sowieso nichts.

„Klärchen bleibt heute im Stall", befahl Dr. Brendel. „Es ist viel besser, ihr vor dem Start einen Ruhetag zu gönnen. Eure Nervosität würde sich nur auf das Pferd übertragen, und damit könnte alles verdorben werden, außerdem kann sie sich bei diesem kalten Regen viel zu schnell eine Erkältung holen."

„Aber was sollen wir denn machen?" maulte Bimbo. „Dann geht die Zeit bis morgen ja überhaupt nicht mehr rum."

„Ich zähle schon die Minuten“, sagte Peggy.

Sonia Brendel, die gerade mit einem Körbchen frischer Brötchen hereinkam, lachte. „Wie wäre es ausnahmsweise mal mit ein bißchen Hausarbeit? Das Bad ist seit einer Woche nicht geputzt worden, die Betten müßten neu bezogen werden und im Wohnzimmer liegt der Staub zentimeterdick.“

„Das ist übertrieben!“ protestierte Molle. „Ich hab letzten Sonntag staubgewischt!“

„Also gut. Dann liegt er millimeterdick. Aber das ist auch ziemlich viel. Ich fürchte, wenn wir heute Besuch bekämen, würden die Leute einen Schreck bekommen.“ Sonia Brendel sah sich in dem gemütlichen Bauernhaus um. „Irgendwie fehlt mir immer ein bißchen Zeit. Aber bald wird es besser. Wenn ich erst dieses Kapitel über die Erziehung heranwachsender Kinder beendet habe...“

Dr. Brendel lachte. „Erziehung heranwachsender Kinder? Was ist denn das? “

„Es regnet nicht mehr“, schrie Ben in diesem Augenblick. Er zeigte mit dem Honiglöffel auf den ersten dünnen Sonnenstrahl, der sich am Fenster zeigte.

Sonia lächelte. „Ihr seid eben Glückskinder. Wahrscheinlich habt ihr morgen für das Rennen einen strahlenden Tag.“

„Den brauchen wir auch.“ Molle nahm Ben den Honiglöffel aus der Hand. „Denn bei Sonnenschein ist Klärchen noch ein bißchen besser.“

„Ein bißchen besser? Dann ist sie unschlagbar!“ rief Dany.

Sonia Brendel lächelte. „Nicht, daß ihr morgen abend ganz fürchterlich traurig seid.“

„Warum sollen wir traurig sein?“ fragte Molle.

Wortlos stand Sonia Brendel auf und kam mit dem „Braderuper Tageblatt“ zurück.

„Hier, lest.“

„Laß sehen!“ Dany stürzte vor, um das Blatt zu nehmen,

aber Bimbo hatte es ihrer Mutter schon aus der Hand gerissen und auch Peggy versuchte, einen Zipfel zu erwischen.

„Laß mich doch bitte mitlesen!" schrie nun auch noch Molle dazwischen.

„Ich schlage vor, einer liest, und alle anderen hören zu!" rief Dr. Brendel energisch in das Chaos hinein. „Dany soll vorlesen."

Dany strahlte. Er räusperte sich, nahm die Zeitung und überflog die erste Seite.

„Unten rechts steht der Artikel", kam ihm Sonia Brendel zu Hilfe.

„Ah da. Also, die Überschrift lautet: „Die Elite geht an den Start."

Dany machte eine Pause.

„Lies weiter", schrien die Kinder.

Dany holte tief Luft. Dann las er vor. „Was niemand ernsthaft für möglich gehalten hat, ist nun doch wahr geworden: Von allen Teilen des Landes sind Meldungen eingelaufen, sogar aus Süddeutschland wird ein Pferd erwartet, ein zweijähriger Hengst, der schon mehrere Nachwuchsrennen gewonnen hat."

„O Gott, das ist ein Hammer!" Bimbo hielt sich stöhnend den Kopf.

Dany las weiter: „Aber auch von bekannten Rennställen aus dem Ruhrgebiet, aus Hamburg und Hannover haben Züchter ihre Pferde zu dem Rennen geschickt. Allgemein wird es als ein interessanter Test für Nachwuchspferde gewertet, die hier sozusagen außer Konkurrenz einmal zeigen können, was in ihnen steckt. Der Rennstallbesitzer und Jockey, Bob Andersen, ist allein mit drei seiner guten Pferde vertreten. Dem Braderuper Tageblatt gab er folgenden Tip: ‚Meine Pferde werden den ersten, zweiten und dritten Platz belegen. Darauf können Sie heute schon wetten.' Nun, wir hoffen, daß es trotzdem noch Überraschungen gibt und viele Zuschauer kommen. Der Eintritt kostet fünf Mark, und das ganze Geld (außer der Siegesprämie für

17°
18°
ALBI
5⁹⁰
6⁹⁵

UPER

den Gewinner) wird für den Bau der Strandpromenade verwendet werden. So jedenfalls hat es der Bürgermeister versprochen.“

Dany ließ die Zeitung sinken. Er schaute in die bleichen Gesichter der Zuhörer. „Was habt ihr denn auf einmal?“ fragte er scheinheilig.

Peggy hatte als erste die Sprache wiedergefunden. „Bauchschmerzen. Ich hab ganz einfach Bauchschmerzen.“

11. Kapitel

Der Tag des großen Rennens war endlich gekommen. Ein Sonntag, und zudem ein strahlend schöner Spätsommertag. Auf dem Süderhof ging es zu wie in einem Ameisenhaufen. Die Kinder waren überall und nirgends, immer unterwegs, von der Scheune zum Stall, vom Haus auf die Koppel, ständig mußte noch etwas besorgt werden, Eimer, Schwämme, Bänder oder Bandagen.

In der Mitte des Trubels stand Klärchen. Ungerührt von all der Hektik kaute sie gemächlich ihr Heu und schlug mit dem Schweif nach den Fliegen, die sich auf ihrem Rücken niederlassen wollten.

„Ich begreife nicht, wie Klärchen so ruhig ist“, meinte Peggy fassungslos. „Mir schlägt das Herz bis zum Hals.“

„Sie weiß eben nicht ganz so gut wie du, worum es heute geht“, erklärte Dany lakonisch.

„Sie hat die Zeitung nicht gelesen“, fügte Molle hinzu. Das sollte ein Scherz sein, aber die anderen konnten darüber gar nicht lachen. Sie wußten, wie groß die Konkurrenz sein würde, gegen die Klärchen anzutreten hatte. Sanft streichelte Molle Klärchens Nüstern.

Das Pferd schnaubte zärtlich.

„Sie versteht jedes Wort“, sagte Peggy hingerissen. „Klärchen ist das süßeste Pferd der Welt. Ganz egal, ob sie nun gewinnt oder nicht.“

Bimbo sah sie eindringlich an. „Aber sie muß gewinnen, Peggy. Vergiß das nicht! Du darfst das keine einzige Sekunde vergessen!“

Peggy nickte. Wie könnte sie das vergessen!

Und dann das Rennen! Ganz Braderup war auf den Beinen. Über die Hauptstraße waren Girlanden gespannt und Spruchbänder, auf denen stand: „Willkommen zum ersten Braderuper Pferderennen!“

Bimbo sollte Klärchen vom Süderhof nach Braderup reiten, damit Peggy ausgeruht in das Rennen gehen konnte. Die Hauptstraße und der Marktplatz waren zugeparkt mit Autos. Hinweisschilder zeigten den Weg zum Strand. Auf einem Parkplatz waren die Pferdetransporter abgestellt, ein Führring für die Teilnehmer war mit roten Seilen abgetrennt, und als Bimbo mit Klärchen zu dem Platz ritt, wo die Pferde gesattelt und gewogen wurden, kam es ihr vor, als wären Hunderte von Pferden angekommen. In Wirklichkeit waren es nur vierundzwanzig Pferde, aber sie waren alle von einer Traube von Menschen umlagert. Aus den Lautsprechern am Strandcafé dröhnte Musik und dann immer wieder die Stimme eines Ansagers, der die neuesten Nachrichten durchgab, Informationen über die teilnehmenden Pferde, die Reiter, aber auch über das Nordseebad Braderup, das an diesem Tag einen Besucherrekord von zwanzigtausend Leuten verzeichnen konnte.

Klärchen wirkte nun doch etwas nervös. Ihre Ohren waren angelegt, und wenn jemand sich ihr näherte, zog sie die Nüstern hoch.

Erschrocken sprang sie vor den flatternden Wimpeln zur Seite und buckelte, als neben ihr ein Motorrad aufheulte. Bimbo versuchte, Klärchen zu beruhigen. Sie spürte, wie das Pony zitterte, wie ihre Muskeln sich spannten. Ihre Schritte wirkten unsicherer als sonst, und als sie über das Katzenkopf-Pflaster der Hauptstraße trabten, knickte sie mit dem rechten Vorderhof ein. Bimbo glaubte, ihr Herz würde stehenbleiben vor Schreck. Sie sprang sofort ab und untersuchte die fest bandagierte Fessel, aber alles schien in Ordnung.

Auf dem weichen Dünensand wurde Klärchen wieder ruhiger. Als sie den Meeresgeruch in den Nüstern spürte und der Wind über ihre Stirn strich, schnaubte sie, als wollte sie sagen: Hier gefällt es mir.

Dann entdeckte sie die anderen Pferde, und sofort geriet sie in Aufregung. Immer wieder versuchte sie, gegen Bimbos Zügel zu den Pferden zu drängen, aber Bimbo ließ es nicht zu. Klärchen bockte und keilte nach hinten aus, und ihr Schnauben klang jetzt beinahe wütend.

„Was hast du denn, mein Mädchen?“ fragte Bimbo verwirrt. Sie streichelte und klopfte das Pferd, um es zu beruhigen. Aber Klärchen schüttelte sich, nur unruhig.

Bimbo war schweißgebadet, als sie endlich an dem vereinbarten Treffpunkt ankam.

Die Kinder stürzten auf Bimbo zu, und Klärchen stieg kerzengerade in die Luft.

„Was hat sie?“ fragte Peggy ängstlich.

„Paßt auf! Geht einen Schritt zur Seite! Ich kann sie kaum halten!“

Zum ersten Mal sah Molle, daß ihre Schwester Bimbo Angst hatte. Ihr Gesicht war angespannt, und sie saß vollkommen verkrampft im Sattel. Je mehr sie die Zügel anzog, desto wilder benahm Klärchen sich.

Ein Jockey führte seinen Hengst dicht an den Kindern vorbei. Der Hengst wieherte, und sofort antwortete Klärchen. Sie wollte dem Hengst folgen, aber Bimbo konnte sie noch rechtzeitig wieder zum Stehen bringen.

Vorsichtig näherte Peggy sich dem Pferd, und sofort schien es vollkommen verändert. Sanft strich sie über Klärchens Stirn und tätschelte den Hals. „Sei ganz ruhig, Mädchen“, murmelte sie, „du bist doch sonst nicht so verrückt. Was hast du nur?“

Klärchen beruhigte sich immer mehr. Sie gewöhnte sich an den Lärm, an die vielen Leute, die Lautsprecher, das Hupen der Autos, das Geschrei der Kinder. Als ginge sie das alles nichts mehr an, ließ sie sich von Molle, Dany und Peggy streicheln.

Das Gedränge in der Umgebung des Rennplatzes wurde immer größer. „Das ist ja wie auf dem Jahrmarkt“, meinte Bimbo. Tatsächlich waren auch ein paar Würstchenbuden und Karussells aufgebaut, eine willkommene Abwechslung für den kleinen Ben.

Peggy schaute auf die Uhr. Es war halb drei. „Wann geht es los?“ fragte sie.

„Um drei. Das fragst du nun schon zum zehnten Mal.“ Molle nahm Peggy in den Arm. „Du zitterst ja.“

„Ist das ein Wunder?“ Peggy versuchte, trotz ihrer Aufregung zu lächeln. „Ich hab die halbe Nacht nicht geschlafen. Und als ich diesen Trubel hier sah, wurde mir erst richtig schlecht.“

„Aber du siehst toll aus“, meinte Dany anerkennend. Peggy trug eine Jacke aus weißer Fliegerseide, die gelbe Streifen an den Armen hatte. Es war eine Jacke, die früher einmal ihrem Vater gehört hatte. Dazu trug sie Bimbos Reithosen, braune Lederstiefel und eine Kappe, weiß mit einem gelben Schirm, unter der ihre dunklen, kurzen Haare hervorlugten.

„Sie sieht aus wie ein Junge“, meinte Bimbo.

„Und richtig durchtrainiert“, fügte Molle mit einem Anflug von Neid hinzu. Sie zog unwillkürlich ihren Bauch ein. „Ich glaube, ich muß mal wieder ein paar Tage fasten.“

„Das darf doch nicht wahr sein. Ihr könnt jetzt von Diät reden.“ Dany schlug mit der Hand gegen den Kopf. „Ich faß’ es nicht! Die Mädchen sind doch der Wahnsinn. Könnt ihr euch vielleicht auch mal auf etwas anderes konzentrieren als auf eure Schönheit? Vielleicht hört ihr mal zu, was die im Lautsprecher durchsagen.“

Sofort waren die Kinder still. Peggy lehnte sich an Klärchens Schulter.

„Achtung, Achtung! In wenigen Minuten beginnt das Braderuper Strandrennen! Wir möchten die Zuschauer bitten, ihre Plätze einzunehmen! Treten Sie bitte nicht vor die Absperrungen und befolgen Sie die Anweisungen des Aufsichtspersonals! Lassen Sie bitte die Pferde zum Rennplatz durch. Achtung, Achtung! Wir bitten alle teilnehmenden Reiter, sich mit ihren Pferden an die Startlinie zu begeben! Achtung, Achtung! Dieses ist der letzte Aufruf an alle Reiter, sich mit ihren Pferden zum Start zu begeben!“

Peggy war ganz blaß. Sie hatte weiße Lippen. „Jetzt wird es ernst“, flüsterte sie.

„Wir gehen mit dir, und wir bleiben bis zum Schluß in deiner Nähe“, sagte Molle tröstend.

Als sie Klärchen an dem Spalier der neugierigen Zuschauer vorbeiführten, entdeckten sie auch ihre Eltern und Ben.

Tierarzt Dr. Brendel machte mit der rechten Hand ein Siegeszeichen. Er zwinkerte Peggy aufmunternd zu.

Peggy lächelte schwach zurück. Sie hatte ganz weiche Knie. Nur jetzt nicht schlappmachen, sagte sie sich, und sie rief sich noch einmal in Erinnerung, wieviel auf dem Spiel stand.

Bimbo führte Klärchen zur Startlinie. Molle und Dany hatten Peggy in die Mitte genommen. Die Leute klatschten, als sie sahen, daß Klärchen von den Kindern an den Start geführt wurde.

Klärchen genoß das Schauspiel. Sie war plötzlich wieder ganz fröhlich, tänzelte und schlug mit dem Schweif und schüttelte die Mähne, daß die mit bunten Bändern zu Zöpfen geflochtenen Haare hin und herflogen.

„Das ist ja bloß ein Pony!“ rief ein Junge aus der Menge. Bimbo wandte sich ihm sofort zu. „Aber ein ganz schnelles Pony!“ rief sie. „Du kannst dein ganzes Taschengeld darauf verwetten, daß es gewinnt.“

„Wie heißt dein Pony?“ rief der Junge.

„Klärchen!“ rief Bimbo zurück. Und dann hörten sie, daß das Wort Klärchen wie ein Echo weitergegeben wurde.

Bimbo lächelte stolz. Mit erhobenem Kopf schritt sie, Klärchen an den Zügeln haltend, durch die enge Menschengasse an den Strand.

Dann war da wieder die Lautsprecherstimme: „Achtung! Achtung! In einer Minute beginnt das Braderuper Pferderennen! Alle Reiter bitte zur Startaufstellung!“

Ein Pferd nach dem anderen wurde herangeführt. Es gab

schöne, elegante hochbeinige Pferde, Füchse, Rappen, Falben und Braune, mit heller und dunkler Mähne. Die Jokkeys saßen schon in den Sätteln. Niemand beachtete die Kinder mit ihrem Pony.

„Du mußt aufsitzen!“ flüsterte Bimbo. „Gleich geht es los!“

Sie halfen Peggy in den Sattel. Dann führten sie Klärchen zu dem Startplatz Nr. 16, den sie zugewiesen bekommen hatte.

„Ach“, sagte jemand neben ihr. „Alte Bekannte.“

Peggy schaute sich um. Neben ihr hatte Bob Andersen seinen Startplatz eingenommen. Er ritt eine wunderschöne, aber nervöse Fuchsstute, die immerzu mit dem Kopf schlug, als versuchte sie, sich von der Trense zu befreien.

„Ihr macht wirklich mit?“ fragte Bob amüsiert.

Peggy schaute sich nach den anderen Kindern um, aber die waren inzwischen hinter die Absperrung zurückgegangen. Dann erschien ein Mann und sagte: „Wir geben gleich das Kommando. Achtung, fertig los. Bei los gebe ich den Startschuß, und dann geht das Feld ab. Verstanden?“

Peggy nickte. Schweißperlen bildeten sich auf ihrer Stirn. Ihre Hände zitterten so, daß sie sie unter Klärchens Mähne verstecken mußte. Sie spürte, wie Bob Andersen sie musterte. Sie wollte keine Schwäche zeigen.

Klärchen wieherte leise, als wollte sie Peggy ein Zeichen geben. Ich bin okay, sollte das heißen. Und Peggy legte für eine Sekunde ihr Gesicht auf den Hals des Pferdes. „Ich bin auch okay, Klärchen“, flüsterte sie. „Wir schaffen das schon.“

Noch einmal wieherte Klärchen aufmunternd.

Dann kam das Kommando: „Achtung! Fertig! Los!“

Dann der Schuß, und ab ging das Feld.

Sofort streckte Klärchen sich, spannte sich gegen die Zügel und jagte mit riesigen Galoppsprüngen in dem Pulk über den glatten, festgewalzten Strand. Das erste Hindernis war noch Hunderte von Metern entfernt. Die Pferde hatten

genug Zeit, ihren eigenen Rhythmus zu finden. Peggy beugte sich weit nach vorn, um dem Wind so wenig Widerstand wie möglich zu geben.

Klärchens Hufe schlugen in gleichmäßigem Rhythmus auf den Boden. Peggy hörte, wie sie schnaubte, und fühlte zwischen den Schenkeln, wie die Bauchmuskeln sich spannten und wieder lösten und spannten und wieder lösten.

Es war ein wunderbarer Ritt. Neben ihr die anderen Pferde, einige lagen knapp vor dem Pony, links das Meer und rechts eine bunte wogende Menge von Menschen, an denen sie vorbeijagten.

Peggy spürte, daß Klärchen gut in Form war. Sie wurde immer schneller, immer kraftvoller setzte sie ihre Galoppsprünge.

Dann das erste Hindernis. „Jetzt!" schrie Peggy, und Klärchen schnellte sich mit den Hinterbeinen ab, hob sich über das Hindernis. Leicht wie eine Feder fiel Peggy in den Sattel zurück, als sie wieder Boden unter sich spürte, und schon jagten sie weiter. Peggy klopfte anerkennend Klärchens Hals, und das Pferd schnaubte und spannte sich und lief und lief wie eine Maschine. Peggy konnte, wenn sie sich ein bißchen zur Seite beugte, das Leuchten in ihren Augen sehen und die vor Aufregung und Eifer geblähten Nüstern. Manchmal schaute Klärchen nach rechts und links, wo die anderen Pferde liefen, und sie überholten einen Fuchs und einen Rappen und noch ein Pferd. Der Reiter trug eine leuchtendrote Jockeyjacke, das war alles, was Peggy sah. Und dann das nächste Hindernis. „Jetzt!" schrie Peggy, und Klärchen setzte an zum Sprung, sie flogen förmlich über das Hindernis, und schon ging es weiter. Es war wie ein Rausch, Peggy lachte und weinte und konnte vor Tränen einen Augenblick gar nichts mehr sehen. Alles war plötzlich so leicht, so unwirklich, beinahe wie in einem Traum. Klärchen rannte und rannte, in dem Trommelwirbel der Hufe konnte man nichts mehr hören als die anfeuernden Schreie der Jockeys. Aber Klärchen überholte sie alle, es war, als fühlte sie sich von den Hindernissen geradezu magisch angezogen, und wie mühelos setzte sie darüber hinweg.

Und dann das letzte Hindernis. „Hopp!“ schrie Peggy, und dann endlich die Ziellinie und ein Toben und Jubeln und Klärchen senkte den Kopf und lief langsamer und langsamer. Peggy ließ sich einfach aus dem Sattel rutschen, und sofort blieb Klärchen stehen, drehte sich um und fuhr leicht mit den bebenden Nüstern über Peggys Rücken, als wollte sie sagen: Siehst du, ich hab’s doch gewußt, daß wir gewinnen...

„Hurra, Peggy, hurra, Klärchen“, schrie Bimbo. „Ich kann es nicht glauben! Wir haben gewonnen! Peggy, wir haben gewonnen! Klärchen ist Sieger! Ist das nicht wahnsinnig?“ Sie fielen sich in die Arme, umarmten und küßten sich immer wieder, und Ben sprang zwischen ihnen herum und klammerte sich an ihre Beine und rief: „Ich will auch feiern! Ich will auch feiern!“

Günter Brendel und seine Frau Sonia standen ein wenig abseits.

„Da siehst du einmal“, sagte Dr. Brendel, „was Kinder schaffen können, wenn sie etwas wirklich wollen.“

Sonia Brendel lächelte gerührt. „Ich weiß, was du damit sagen willst.“

„Was will ich denn sagen?“

„Es ist alles meine gute Erziehung.“ Sie lachte. „Aber das stimmt nicht. Ich schreib zwar dicke Bücher darüber, wie man Kinder erziehen soll. Aber unsere Kinder, die erziehen sich irgendwie selbst. Findest du nicht?“

Dr. Brendel lachte. „Ich bin froh, daß du es endlich gemerkt hast.“

Das ist erst der Anfang.
Molle und Bimbo werden noch weitere spannende Abenteuer auf dem Süderhof erleben.
Kennst Du diese schon?

Das Versteck hinterm Deich (Band 1)

Bimbo konnte es nicht fassen: Versteckt hinter dem Deich, mitten im Vogelschutzgebiet stand ein kleines rundes Zelt. Kaum war sie auf Klärchen, dem Pony, näher herangeritten, entdeckte sie einen Jungen, der dort seit Tagen allein kampierte. Mußte der denn nicht zur Schule? Bimbo hatte so ein komisches Gefühl. Zurück auf dem Süderhof, holte sie ihre Schwester Molle. Beiden war klar, da stimmte was nicht. Und außerdem war bei Flut die Stelle da draußen viel zu gefährlich. Jedenfalls mußten sie dem Jungen schleunigst helfen. Die Mädchen ahnten nicht, was für ein chaotischer und aufregender Tag vor ihnen lag.

Gefährliche Jagd (Band 2)

Molle und Bimbo haben gleich eine gute Idee. Kaum sind Peggy, Dany und der kleine Ben in den Süderhof eingezogen, holen sie ihre Fahrräder und radeln hinaus zu dem großen Vogelschutzgebiet. „Hier darf man die Wege nicht verlassen, kein Feuer machen, keinen Lärm... und natürlich auch nicht jagen“, erklärt Bimbo gerade flüsternd, als ein heller Schuß alle zusammenzucken läßt. Kurz darauf ein zweiter – die vier Freunde starren sich entsetzt und empört an. Und dann beobachten sie, wie eine rothaarige Frau in einem alten VW davonfährt. Natürlich nehmen die vier sofort die Verfolgung auf...

Wo ist Ben? (Band 3)

Ein herrlicher Sonntagmorgen... aber für die Mädchen vom Süderhof ist nichts mehr in Ordnung. Zunächst ist nur Resi, das Lämmchen, verschwunden. Doch dann entdekken die Kinder zu ihrem Schrecken: Auch der kleine Ben ist weg.
Fieberhaft suchen sie in allen Richtungen – und ahnen nicht, daß sich ein Fremder auf dem Hof versteckt hält. Was führt er im Schilde? Und was hat er mit dem Verschwinden Bennis zu tun?
Wüßten Bimbo und Molle, was sie erwartet, würden sie den kommenden Ereignissen mit noch mehr Bangen entgegensehen.

Sturmflut (Band 5)

Seit Tagen tobt Sturm über Land und Meer. Auf dem Süderhof sind alle in Alarmbereitschaft, jeden Augenblick kann der Deich brechen. Und das Furchtbare, Schreckliche passiert wirklich. Von überallher eilen Helfer an die Bruchstelle, jede Hand wird gebraucht. Molle und Peggy kommen dem Bauernsohn Hinnerk zu Hilfe, der noch seine Schafe hinter dem Deich retten will.
Da wächst der Sturm zum Orkan und – plötzlich sind die drei in einer lebensgefährlichen Situation...

Lageplan